炸肉丸
碎肉
蔥
荸薺
胡蘿蔔
芹菜

炸肉丸
碎肉
蔥
荸薺
胡蘿蔔
芹菜

陳素宜——著　顏寧儀——繪

尋找記憶裡的那道美味

推薦序

推開舌尖的記憶門

海峽兩岸兒童文學研究會 理事長 李明足

有一次，下課後從礁溪回臺北遇上大塞車，車子在沒有盡頭的車隊中龜速前進。直到約再二十來部車就可上交流道，稍竊喜。轉頭卻瞥見路邊招牌「烤玉米」，味蕾猛敲擊記憶的門環，我毫無殘念轉動方向盤，離開擁擠的車隊（**直覺背後幾部車子裡投來感謝的眼光**）。

搖晃炭火上正飄著玉米香，「老板，我要一根烤玉米，硬一點，有點焦。」和數十年前，站在家鄉夜市烤玉米攤前那般，我講著同樣的話。當老闆把烤好的玉米遞給我時，說：「你第一次買我的烤玉米吧？吃吃看，我們家的玉米從北港特選的，很好吃。」回到車上，決定以音樂佐烤玉米等待車潮退去。吃了幾口，好吃，但——「口感不對」！

多年來家鄉烤玉米攤早已不知去向。不論到各地工作或旅遊，每看到烤玉米，我總忍不住買來嘗嘗，只為追憶小片段舌尖上童年時光。這種感觸，在讀完《尋找記憶裡的那道美味》後特別共感。

作家陳素宜以六種庶民小吃：雪圓仔、炸肉丸、白稀飯、月光餅、米篩目到糖葫蘆，串聯記憶味覺，同時交織一段段看似各別，卻連貫的精采故事。

書中布局周密，情節有序，開頁由靜姨、杏兒、杏兒媽媽，將故事漣漪般的層層展開。先是擁有冠軍麵包師傅之稱的靜姨，為了留住昏迷母親圓仔婆婆的老城區雪圓仔攤，決心做出和母親製作雪圓仔一樣的口味。從食材比例一再調整，一再得到「口感不對」、「就差那麼一點點」的回應，激發她往回憶裡搜尋，終於找到圓仔婆婆的「祕密武器」。雪圓仔的口味得到老城區管委會認同，靜姨也領悟到製作冠軍麵包和地方美食雪圓仔的製作絕對不同。

順著故事推展，杏兒的同學——曉瑜，因智力受損的爸爸吵著要吃奶奶的炸肉丸，激起杏兒媽媽想幫助他的念頭，而嘗試各種炸肉丸配方，最後到底加入了什麼食材？才是曉瑜爸爸想念的滋味呢？小琪奶奶懷念母親生前煮的生日白稀飯，靜姨是否能找到烹煮的技巧？而大王學長的小舅公藉著尋找月光餅想找到初戀，是否找到？杏兒爸爸找到大學附近那攤米篩目，吃到的卻是粉條，怎麼一回事？圓仔婆婆終於醒過來，但眼前賣的番茄糖葫蘆卻不是她要吃的口味，她和靜姨共同的美好回憶到底是什麼口味？

當我們翻閱這本書，會發現層層疊疊的美味探尋，其實不只是美食製作，更多的是親情與友誼的寬容撫慰。

故事中也提出兩個省思：美食會失傳怎麼辦？真的萬般皆下品只有讀書高嗎？並且，故事情節更是安排了願意將快失傳的美食製作，不藏私的開班授課，雪圓仔如此，米篩目亦如此。而面對現今多面向社會型態，容青少年適性發揮他的興趣喜好，也是鼓勵孩子多元發展的途徑。

此書讀來輕鬆有趣，又蘊含多層次寓意與啟發。邀約你透過這六則美味故事，一起推開舌尖那扇記憶之門。

推薦序

時光線索．美食地圖

文學作家 陳幸蕙

陳素宜新作《尋找記憶裡的那道美味》，是一卷訴諸味覺、富涵雋永情事的光陰啟示錄，令人風簷展書而讀，穿越字裡行間之際，但覺許多歲月的訊息迎面而來。

簡言之，作者以生活化的筆調進行書寫，全書在結構設計上的一大特色，是將一完整的敘事長篇規劃成〈雪圓仔〉、〈炸肉丸〉、〈白稀飯〉、〈月光餅〉、〈米篩目〉、〈糖葫蘆〉六大單元，每一單元各以一樣家常美食或庶民甜點為主題，分別帶出穿越時光距離，如今回來尋找記憶深處懷想不已之美食的有心人，並述說這些美食背後所牽繫的難忘的人物、難忘的生命時光、難忘的青春故事。

雖就表面以觀，這六大單元各自獨立，互不相屬，但如就全書精神意涵與理念脈絡觀之，實則根系相連，前後呼應，在此我們遂看出作者另一有心的安排，便是以杏兒——一個體貼善良、喜歡看奶奶留下來的家傳食譜，也喜歡學做麵包的國一少女——來串連各故事與全書情節的設計。

換言之，以杏兒為此書核心，作者巧妙的透過她的視角和她生活周遭人物，如：世界冠軍麵包師傅靜姨、與靜姨合夥開麵包店的杏兒母親、在山坡地種植有機膨風茶的小琪外公、因老伴離世而收攤不再賣甜鹹米篩目的白髮老爺爺、曾不幸失去意識，最後健康復元的雪圓仔達人圓仔婆，以及杏兒的同學好友小琪、曉瑜、大王學長，乃至大王學長的小舅公，和其他鄰里親友或識與不識之人等等，穿插交織成一完整敘事的人際網絡，復在這人際網絡與敘事過程中，將美食傳承、親情糾葛、忠於自我、理想追尋等議題置入，前後多所指涉、發揮與觀照，頗能啟人深思。

至於全書最耐人尋味處，則尤在前述六故事中各關鍵人物的記憶為時光線索，在他們經歷了反覆省思與戲劇性人生曲折後，更在杏兒周遭所有識與不識之眾人的愛、寬容、理解、支持、包容與成全下，書中每一位美食尋訪者，以及每一位曾困處於親情糾葛中的受挫者，最後，都各自穿越了歲月滄桑，或完整拼湊出記憶中的美食地圖；或跳脫、超越過往的衝突糾結，而終與最深愛、在乎的親人達成了可喜的和解！

於是，風簷展卷，細品這一本交織著淚光與微笑、結合了飲食書寫與生命議題的創作，於悅讀的樂趣外、書中美食地圖的尋訪穿越之旅外，它所帶給讀者的弦外之音與深刻體認遂自是：

時間，永遠是世間美好事物的最佳見證；而將心比心的理解與愛，則永遠是世間傷痛最好、也最富療癒性的——解藥！

作者序

記憶裡的那一碗鹹粄圓

一碗鹹粄圓，要從浸泡一桶洗淨的糯米開始。

記憶裡，小時候吃過晚飯洗了澡，阿婆或媽媽，會在天井的小溝邊放一個錫桶，裡面是洗好的糯米，泡在清澈乾淨的井水裡，上面覆蓋著一條白棉布袋子；隔天早上，我會把水瀝乾，提著錫桶帶著布袋，到對街金福伯母家，花幾個零錢，請她用機器把糯米磨成米漿。

米漿提回家，放在竹籃裡，壓上大石頭，到晚上就變成一大塊乾硬的粄粹。媽媽搬出竹編的扁平大毛欄，開始把粄粹揉軟，分成一粒粒的小劑子，大人小孩圍著吃飯的大圓桌，開始搓粄圓；搓好的粄圓蓋上粄帕，風乾脫水一夜，隔天就是大快朵頤的時候了！

先把剁碎的白蒜頭和紅蔥頭下鍋煸香，再加入蝦米和泡發的乾香菇片繼續煸炒，待香味出來後放入肉絲，倒入醬油，最後放進煮雞的高湯裡，美味的湯頭就完成了。然後，再另起一鍋煮滾水，把粄圓煮熟撈出，放入湯頭大鍋，接著放入茼蒿、蔥珠、芹菜粒和香菜，加鹽調味，記憶中那碗日思夜想，讓人垂涎三尺的鹹粄圓就可以上桌啦！

小時候鄰里間，娶媳婦嫁女兒，老人家做生日，主人家裡總是會有一大鍋粄圓，熱熱鬧鬧的大家一起慶祝，於是，鹹粄圓就成了我心上最喜歡、最期待的吃食，它是所有美好事物的代表。

每個人或多或少都有一些這樣充滿回憶的吃食，放在心裡吧？或許是在休耕的稻田裡，用鋤頭挖起一塊塊田土，堆疊成中空的小丘，塞進竹枝稻草，燒得土塊通紅後，再把地瓜丟進去烤熟的烤番薯；酷熱的夏天，戴著小橘帽，背著大書包，從學校衝回家時，媽媽從冰箱端出來的冰鎮綠豆湯；還有、還有，春天到了尾巴，夏天剛剛到來時釀的梅子酒；秋天颳起的九降風，吹熟了掛在樹上的紅柿子；過年時，邊數著壓歲錢，邊塞進嘴裡的炸年糕，這些記憶中的吃食，都帶著濃濃的情感呀！

是的，就是濃濃的情感！這本書裡的六道吃食，有母女的衝突、有兒子的思念、有朦朧的初戀、還有淡淡的悔意，希望初嘗生活滋味的你，翻開書頁，跟著裡面的人物，品一品人生中的酸甜苦辣。希望看過這本書的你，在現實生活中珍惜美好的情感，如同我珍惜記憶中那一碗代表美好的鹹粄圓一樣。

目錄

推薦序◎李明足
推開舌尖的記憶門 2

推薦序◎陳幸蕙
時光線索・美食地圖 6

作者序
記憶裡的那一碗鹹粄圓 10

雪圓仔 16
炸肉丸 50
白稀飯 82
月光餅 112
米篩目 148
糖葫蘆 176

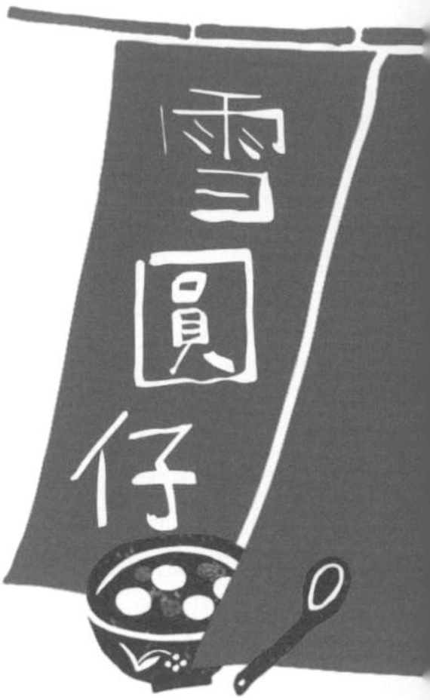

大鍋裡的水開了，水泡泡咕嚕咕嚕的從鍋底往上冒。陣陣水氣瀰漫中，雪白的圓仔浮了上來。圓滾滾的，胖呼呼的，軟QQ的雪圓仔熟了，可以吃了！

靜姨拿起扁平的漏勺，撈起圓仔，放入裝了清糖水的粗陶大鍋裡。杏兒拿來三個陶碗，每碗舀上五、六個雪圓仔，加上幾勺透明澄淨的清糖水，放在漆花托盤上，恭恭敬敬的送到三個委員面前。

乾瘦的阿乾叔公端起一碗，仔細端詳：「沒錯，就是這種雪一樣的白！圓仔婆的雪圓仔，就是這樣白白胖胖的，讓人想要趕緊咬一口。」

一頭捲捲髮的花花嬸，看的卻是裝圓仔的碗盤：「對！對！對！你看這陶碗漆花盤配得多麼好！圓仔婆不但東西好吃，也講究氣氛，適當的食器是非常重要的。」

杏兒一顆七上八下的心，總算稍稍放鬆下來。三個委員有兩個點頭了，看來靜姨應該可以幫圓仔婆婆守住美食街的攤位了。

這條美食街，除了蜿蜒溪水旁的垂柳，和划水穿柳而過的搖槳遊船之外，最能吸引遊客前來的亮點，就是圓仔婆家傳近百年的圓仔攤了。喜愛吃雪圓仔的人，不遠千里而來，就是為了品嘗圓仔婆的好手藝。甚至有些移居到國外的客人，來到攤子吃了雪圓仔，竟然流下淚來，哽咽的說：「就是這讓人魂縈夢牽的家鄉味呀！」

只是上個月的最後一個星期日，來老城區美食街找雪圓仔的客人們，卻一直等不到圓仔婆開門做生意。直到破門而入，大家才發現圓仔婆不省人事的倒在廚房配料桌旁邊，不知道多久了！

消息傳到靜姨這裡來時，已經是隔天的事情了。當時靜姨正在麵包坊附設的教室，給放暑假的孩子們上烘焙課。杏兒記得，那天要做的是紅酒桂圓麵包，擔任靜姨助手的她，正在分發泡過紅酒的桂圓肉，媽媽拿著靜姨的手機進來了。

「是的，我是。沒錯，她是我的母親。什麼？你說……」

靜姨聽手機裡的人說著說著，豆大的淚珠不斷滴在揉麵的大鋼盆裡，等到她結束通話，兩腳已經癱軟無力，背靠著牆壁蹲坐在地上。

杏兒媽媽趕緊接過杏兒手上的桂圓肉，一邊分發給小朋友們，一邊要杏兒把靜姨扶到儲藏室的小沙發上休息。

剛開始，靜姨坐在沙發上只是抽抽噎噎，幾乎聽不到聲音；漸漸的，她深深吸氣、抖動肩膀愈來愈激動，愈來愈激動，終於控制不住的大哭起來，就像是要把心、肝、肺都嘔出來那樣的嚎啕大哭！

杏兒從來就沒有看過靜姨這個樣子，向來都是靜姨安慰哭泣的杏兒。考試考壞了、被同學欺負了、跟好朋友吵架了，或是被媽媽責罵了，都是靜姨靜靜聽杏兒訴苦，再給她一個大大的擁抱。有時候，杏兒甚至覺得靜姨比媽媽還像媽媽呀！現在靜姨在眼前痛哭，剛開始杏兒不知道怎麼辦才好，等到她想起可以抱抱靜姨的時候，靜姨忽然停止嚎哭，伸手抹去淚水，再使勁拍掉臉上的麵粉，站了起來。

杏兒嚇了一跳，趕緊問她：「靜姨，你要去哪裡？」

「去上課啊，小朋友等著學做麵包呢！」

「可是……可是……」

「我沒事！」

靜姨拍拍杏兒的肩膀：「答應人家的事情就要做到，我不能讓小朋友們白跑一趟。」

靜姨回到教室時，杏兒媽媽正在檢查小朋友們的麵團是不是揉好了。

靜姨用平穩的語氣跟大家說：「如果麵團可以拉出薄膜不會破，就可以放進盒子裡進行第一次發酵了。」

杏兒媽媽擔心的看了她一眼，張口想問些什麼，卻又默默的閉上嘴巴。

杏兒也不知道，靜姨是真沒事還是假沒事，接下來的幾天，她一切按表操課，一早起來做門市賣的麵包，接著跟徒弟阿泉哥哥他們一起研發新口味；吃過中飯去接受電臺專訪，談談世界冠軍麵包師傅的心路歷程；晚上還有新手麵包師傅媽媽班的課程。隔天照樣拜訪事先約好的農場，去看看有沒有適合做麵包的材料。

到了第三天，杏兒媽媽終於忍不住了：「靜娟，你什麼時候回去看你媽媽？」

靜姨正在幫要入爐去烤的麵包塗蛋汁，拿著刷子的手在空中停了好一會兒，才又把刷子放進小盆裡沾蛋汁，她輕輕的搖搖頭：「她說過，我不再是她的孩子，叫我永遠不要再回去！」

杏兒媽媽嘆了一口氣：「生氣的時候怎麼會說好聽話？你就不要跟她賭氣了。」

「不是賭氣，她向來說到做到的！這一點，我真的有遺傳到她的基因。」

靜姨和圓仔婆婆兩個人硬碰硬的故事，杏兒早就聽媽媽說過了。靜姨的爸爸很早就過世，圓仔婆婆辛苦的把唯一的女兒拉拔長大，她希望從小讀書就名列前茅的靜姨，將來當一個懸壺濟世的醫生，享有崇高的社會地位；靜姨卻把烘焙當做一生追求的事業，立志成為一個成功的麵包師傅。她們正式決裂是在靜姨上大學的那一年，成績可以進入醫學系的靜姨，竟然選擇食品科學系就讀。圓仔婆婆氣得把靜姨趕出家門，或許她以為靜姨沒有錢，在外面生活不下去，就會乖乖回家來，沒想到這一走，就是七、八年沒消沒息，再次看到女兒的身影，竟然是電視新聞報導的世界冠軍麵包師傅。

靜姨那幾年的苦，杏兒媽媽最清楚。她們就讀同一所大學，在學校後門的麵包店打工認識的，杏兒媽媽是會計系的學生，課餘幫老闆娘一起記帳；就讀食品科學系的靜姨，雖然高分錄取，得到系上的獎學金，但是要租房子、要生活費，還要繳學費，光靠那些錢根本不夠，所以她除了當小學生的家教之外，也到麵包店來當助手；兩個女孩建立起半工半讀同患難的感情，成了無話不說的好朋友；畢業後不只保持聯絡，後來還合夥開了這家麵包店，生意做得有聲有色。可是跟圓仔婆婆一樣倔強的靜姨，這麼多年來就是不願意打一通電話給圓仔婆婆，更不用說回去看看她了。不管杏兒媽媽怎樣苦口婆心的勸她也沒有用。

「靜姨，放暑假好無聊，你帶我出門走走好不好？」

杏兒想起靜姨接到電話，在儲藏室嚎啕大哭的樣子，她相信靜姨是想去看圓仔婆婆的，只是需要一個藉口，來說服自己出門。

沒想到媽媽跳起來說：「暑假無聊？馬上要上中學了，我買給你的線上自學課程看到哪裡了？別以為中學跟小學一樣簡單，你不好好準備，開學就輸人一大截！」

媽媽本來要送杏兒去補習班上先修課的，是杏兒堅持可以自學，她才勉為其難的改買線上課程。現在竟然說暑假無聊，她才不管杏兒歪嘴眨眼的是不是哪裡不舒服，劈里啪啦的就開始訓話。

還是靜姨了解杏兒的小把戲，她說：「小丫頭，我知道你在想什麼。你還是乖乖的在家裡跟我學做麵包吧。」

靜姨搖搖頭，轉身把烤盤上塗了蛋汁的麵包，送進已經預熱的烤箱裡。杏兒嘆口氣，開始收拾桌上的盆子和刷子。這學做麵包的機會，還是靜姨幫忙跟媽媽爭取來的，不然杏兒的生活就只有念書、念書、念書呀！現在就別再多話了，免得連這個做麵包的機會也被取消了。

後來，是老城的管理委員會，寄來了一段影片，希望能讓靜姨改變主意，回到老城像圓仔婆婆一樣，聚集美食街的人氣，帶動大家的生意。

那是老城區美食街開幕的一段錄影，圓仔婆接受記者訪問時，高高興興的說：「沒錯，世界金牌的麵包師傅姚靜娟正是我女兒，她就是吃家裡的雪圓仔長大的。大家可以來吃吃看，比較一下，看傳統的雪圓仔和西洋來的麵包，是不是一樣好吃。」

靜姨看了先是搖頭苦笑，嘆口氣才說：「她還是一樣的好強。雪圓仔和麵包要怎麼比較呢？」

杏兒媽媽卻說：「我看到的是，一個以女兒為傲的媽媽啊！」

「以女兒為傲？她是真的關心我、愛我，還是愛醫師、律師或是世界冠軍的好名聲？在我半工半讀不知道下一餐在哪裡的時候，她有關心我嗎？在我最想她的時候，她有來看過我嗎？現在，一聲不響的倒下去了，她有告訴我該怎麼辦嗎？她一直都是這樣，什麼事情都要聽她的；她自己忍受所有的痛苦，告訴我什麼都不要管，認真讀書就好……可是我也想幫幫她呀，她卻總是說不用……」

靜姨又哭了，哭到話都說不下去，杏兒媽媽遞給她一大包衛生紙，還輕輕的拍了拍她的肩膀。

過了好一會兒，靜姨才擦乾淚水，繼續靜靜的看著影片中，排在隊伍最前面的客人，回答記者的問題：「我爸爸要我一定要來嘗嘗雪圓仔！要不是他剛動完手術，醫生說要限制飲食，今天一定會帶一些回去孝敬他。」

圓仔婆笑咪咪的跟他說：「感謝捧場。祝福府上老人家早日康復，身體好了再來嘗嘗看。圓仔婆的雪圓仔一定在這裡等你們！」

影片結束了，圓仔婆的承諾不知道還能不能兌現，畢竟她現在還不省人事的在加護病房裡呀！靜姨把頭埋在兩手之間，想起了童年往事，正是媽媽不分春夏秋冬，辛苦做雪圓仔賺錢養家的身影，離開家出外讀大學之前，媽媽總跟她說：「你認真讀書就好，家裡的事媽媽來。」

冬天洗米水寒刺骨；夏天掌廚滿頭大汗；雖然春暖秋涼，有時遇上不講裡的客人，也只能把眼淚偷偷的往肚子裡吞。

這些只要認真讀書就好的她都知道，她也

了解媽媽對自己的期待，只是，她真的不想當醫師還是律師呀！其實她真正想的是跟媽媽一起做吃食，一起做生意，一起面對困難，一起過生活！只是，這又臭又硬的脾氣，確實也遺傳自媽媽，她自己也沒想到，母女之間會決裂得這麼澈底，但那時候的媽媽身體硬朗，吵架罵人中氣十足；現在……躺在加護病房裡，不知道……怎麼樣了……

唉，不管如何，是該去看看媽媽的！

好一陣子後，靜姨終於抬起頭來了，她擦擦眼角跟杏兒說：「真要我帶你出門走走嗎？你媽媽同意的話，就跟我一起去看圓仔婆婆吧。總不能讓向來說到做到的她，失信於客人啊！」

於是杏兒跟著靜姨來到老城，在醫院的加護病房見到了圓仔婆婆。影片中那個紮著精緻髮髻，笑容可掬的老婆婆，現在閉著眼睛，面容憔悴的躺在病床上，幾縷凌亂的髮絲，披在蒼白的臉上。靜姨伸手想順一順圓仔婆婆的頭髮，想想又收回來，她緊盯著圓仔婆婆的眼睛看，似乎想確定圓仔婆婆只是睡著了，還是真的……

「你是病患的女兒？」

穿著白色長袍的女醫師進來，她是圓仔婆婆的主治大夫，跟靜姨說明了圓仔婆婆現在的狀況，結論是：「我們只有等待奇蹟了。」

靜姨淚流滿面，哽咽的問醫生：「我真的做什麼都沒有用了嗎？」

「嗯，那就跟她說說話吧！雖然她不會有反應，但是她有可能聽得見，只是沒辦法表達。」

醫生說完就離開了。靜姨轉身順一順圓仔婆婆的頭髮，輕輕握住她的手：「媽，我回來了！」

不是假日的老城區，遊客並不多。翠綠的柳條兒在風中擺盪，呢喃的燕子穿梭在綠柳條間，偶而會有穿著藍色碎花制服的搖槳人，載著客人划船而過。杏兒乖乖的坐在靜姨身邊，聽大人們說話。

「小靜，你願意接手你媽媽的圓仔攤真是太好了！說真的，你媽的圓仔攤沒開門，老城區至少少了一成客人。你回來做生意，相信不但老客人回流，還會吸引更多新客人呢！」

看著靜姨長大的阿乾叔公，代表委員會感謝靜姨。靜姨卻搖搖頭說：「乾叔，我沒想那麼多，我只是想守住我媽的承諾。她說過，圓仔婆的雪圓仔，一定在這裡等著大家。」

「所以，店門再開還是賣雪圓仔嗎？」

跟阿乾叔公一起來的花花嬸，突然問了一個怪問題。靜姨說：

「當然是賣雪圓仔啊！不然要賣什麼？」

「我們……我們以為你要賣麵包。你是世界冠軍的麵包師傅呀！」花花嬸吶吶的說。

靜姨聽著生氣了，問她：「我們？我們是誰？」

花花嬸迴避靜姨的目光，看著阿乾叔公說：「乾叔，還是你來說吧！」

阿乾叔公清了清喉嚨：「嗯，哼，老城的管理委員會一致通過，邀請你來開麵包店。尤其是，嗯，主任委員，他特別看好你的麵包店，一定會為我們吸引大量的客人。」

「主任委員？就是把開幕影片寄給我的那位郭先生嗎？」

阿乾叔公和花花嬸不約而同的，用力點了好幾次頭。靜姨深深吸口氣，堅定的說：「請幫我轉告郭主委，我決定要賣我媽媽的雪圓仔！」

杏兒不是很明白，靜姨為什麼非賣雪圓仔不可，她不是最喜歡做麵包的嗎？趁著晚上靜姨在整理圓仔婆婆衣櫥裡的東西時，杏兒關了線上自學的課程，想要問個清楚。

「靜姨，為什麼一定要賣雪圓仔？你不是最喜歡做麵包嗎？」

「我說過很多次了。我媽答應過客人，她的雪圓仔會一直在這裡等待大家。我要幫她遵守承諾。」

「可是……你會做雪圓仔嗎？還有，你留在這裡賣雪圓仔的話，家裡那邊的麵包店怎麼辦？」

靜姨說：「我沒做過。小時候，我媽都說，我認真讀書就好，不用幫忙家事。不過，我吃過很多很多雪圓仔，應該沒問題。至於家裡那邊的店，就請你媽媽和阿泉他們撐一下吧，有什麼問題，還是可以線上聯繫呀！」

杏兒知道靜姨的想法了，可是管理委員會不認為吃過很多雪圓仔，就很會做雪圓仔。他們說如果靜姨要賣麵包，絕對沒問題；但是要賣雪圓仔的話，得經過委員們試吃，能做出圓仔婆的口味才行！

靜姨倒是信心滿滿，她在加護病房開放探視的時候，去跟圓仔婆說說話；其他時間就憑著記憶準備好材料，在廚房裡試做雪圓仔。杏兒把電腦帶到廚房，一邊上課一邊看著靜姨，把糯米粉放進盆裡，加點地瓜粉，再放水進去揉成麵團。

「靜姨，你在做雪圓仔嗎？感覺好像在做麵包喔。」

杏兒忍不住提醒靜姨，現在要做的是雪圓仔。靜姨一邊揉麵團一邊回答杏兒：「別急，等一下你就知道了。先好好做功課吧！」

杏兒只好低頭跟著螢幕上的老師，一起跟中學一年級的數學奮戰。等她再抬起頭來，發現靜姨已經抓起麵團，搓成長條，再分成一個個拇指大的劑子，要開始搓圓仔了。

「我來幫忙！」

杏兒起身洗手，擠到靜姨身邊來，學著靜姨的樣子，把一個小劑子放在手掌心搓啊搓起來。

「咦？怎麼搓不圓呢？啊，變成小橄欖了。」杏兒苦笑著問。

「搓久一點，多練習幾次，就會圓了。」

「啊，靜姨真厲害！一次搓兩個，兩個都好圓。」

「圓仔婆婆更厲害，她一次可以搓三個。我怎麼練都練不成，老是三個搓成一個特大號的。」

講到圓仔婆婆，靜姨手停了下來，擦擦眼角，才又開始搓圓仔。

杏兒安慰她：「靜姨，你不要哭了啦！圓仔婆婆知道你要幫她賣雪圓仔，一定會很高興的。」

靜姨搖搖頭：「如果我是個女醫師，她才高興哪！」她嘆口氣又說：「我高中那段時間，她總是為我準備一碗雪圓仔拌紅糖當宵夜。她說糯米填飽肚子，紅糖補補身子，吃飽好好讀書，將來當個好醫生。可是我沒聽她的話，跑去當麵包師傅，我想她一輩子都不會原諒我的。」

杏兒一時不知道說什麼好，倒是靜姨很快恢復平靜，她要杏兒把剩下的幾個劑子搓圓，自己先去煮一鍋滾水，把搓好的圓仔放進去。她告訴杏兒：「圓仔剛放下去會沉到底下去，等它浮上來就表示熟了，可以吃了。」

杏兒興奮的等待傳說中的美味，一會兒之後，白白胖胖的雪圓仔，真的浮上來了。靜姨撈起兩碗，拌上紅糖，和杏兒一人一碗嘗嘗看。

「哇！軟Q軟Q的，真好吃！」

杏兒吃得讚不絕口，靜姨卻咬一口就皺起眉頭：「這個口感不對！」

她把碗放下，又拿出糯米粉和地瓜粉調整比例，加水揉成團，重新做了一鍋雪圓仔。

杏兒試吃一個：「這個比較韌一點，也滿好吃的。」

「還是不對，我以前吃的就不是這種口感！」

靜姨又要倒糯米粉，杏兒趕緊阻止她：「很晚了，該睡覺了！」

「你先去睡，我再試試。明天早上你就能嘗到道地圓仔婆婆的口感了。」

可是，第二天早上杏兒醒來，靜姨趴在備料桌上睡著了。桌

上放著空空的糯米粉袋子，和好幾碗只咬了一口的雪圓仔。

「嗄！現在幾點了？我得去醫院看我媽了。」

杏兒輕手輕腳的收拾桌面時，靜姨突然醒了，跳起來就到房間抓起包包往外跑。杏兒跟在後面追出去，她知道靜姨一夜沒睡，精神不好，很擔心靜姨路上的安全。

圓仔婆婆還是靜靜躺在病床上，情況沒有比較好，也沒有比較壞，靜姨握著她的手說：「媽，你以前怎麼不讓我做家事呢？現在我得花更多時間來研究雪圓仔的配方啊！」

圓仔婆婆沒有反應，不知道她有沒有聽到靜姨的話。

靜姨自顧自的說下去：「不過沒關係，我們一直都是自己做自己的，從來沒有合作過。你放心，我絕對會把你的雪圓仔留在美食街。我可是要提醒你，如果我今天真是個醫師的話，就做不出你的雪圓仔了！幸好我是個麵包師傅，還是個世界冠軍的麵包師傅呢！」

杏兒猜想，靜姨是要用激將法，把圓仔婆婆氣得跳下床吧？可是婆婆還是沒有反應，倒是門口傳來了女醫生的聲音：「沒錯，醫師只會吃雪圓仔，不會做雪圓仔。慚愧的是，還叫不醒沉睡的圓仔婆。」

靜姨嚇一跳，趕緊跟醫生解釋：「請別怪我胡說八道，我只是想氣氣我媽。她難得靜靜的不回話，我要好好的說說她！」

「沒事，沒事！要是你能把圓仔婆激下床，我才要感謝你呢。我也是雪圓仔的超級粉絲，真希望能再嘗嘗她的手藝。記得她總是笑咪咪的強調，她的圓仔是純糯米做成的，絕對不加其他有的沒的東西，別的地方吃不到這麼純的圓仔呀！」

純糯米做成的？女醫生一語驚醒夢中人，靜姨兩手一拍，她知道該怎麼做了！

大鍋裡的水開了，水泡泡咕嚕咕嚕的從鍋底往上冒。陣陣水氣瀰漫中，雪白的圓仔浮了上來。圓滾滾的，胖呼呼的，軟QQ的雪圓仔熟了，可以吃了！阿乾叔公和花花嬸從外型和食器來看，都說沒有問題了，可是那個胖胖壯壯的主委叔叔說，最重要的是口味要道地。靜姨很有信心的請他們趕緊嘗嘗看，接下來還要討論，選個黃道吉日重新開張啦！

「嗯，味道和口感都很像！」

「是啊，差不多就是這個樣子啦！」

「沒錯！就是差那麼一點點。可是，我們要的是一模一樣啊！」

本來以為十拿九穩的事情，三個委員討論的結果卻是：「麵包店可以，雪圓仔的話，還差那麼一點點！」

杏兒心裡長長的嘆口氣，靜姨卻沒有被打倒，她堅持非把那一點點找出來不可。可是委員們說沒辦法再等下去了，只能再給她三天時間。

「好的，三天後請大家再度光臨！」

委員們離開後，靜姨把剩下的雪圓仔全部吃掉，她承認確實有差那麼一點，非把它找出來不可！杏兒幫不上忙，只能乖乖的學習線上課程。只是，她真的沒興趣呀！她又沒有要像媽媽想的那樣，當個醫師、律師或老師，她想要的是要當個跟靜姨一樣的麵包師啊，需要這樣還沒入學就先上課嗎？所以杏兒有時候也會放下線上課，偷偷的在網路上尋找雪圓仔的相關資料。只是，找到的都是大家已經知道的事情，也幫不上靜姨什麼忙……

其實，靜姨也說過想做個專業的麵包師傅也不簡單，要學習很多知識、技巧，甚至外文也要學，像她去法國學烘焙，會說法文就很重要。問題是，做麵包也用得到因數分解嗎？學這些到底有什麼用啊？

杏兒有時候……

「啊！」

靜姨大叫一聲，嚇得杏兒打斷了內心的各種抱怨，立刻衝到廚房，發現一個平常沒注意到的小門開著。靜姨站在裡面一個怪機器旁邊，高興的說：「就是它了！」

機器上方是個圓桶子，桶子底部有個水龍頭；下方前面一點，另外還有個桶子，桶子底部有個扁圓形，像嘴巴一樣的漏口。漏口底下是個水桶，桶裡還有個棉布袋。

「這是磨米漿用的機器。糯米洗乾淨，泡水三、四個鐘頭，就用這個機器磨成米漿。」

靜姨比手畫腳的說：「棉布袋裝了米漿後，紮緊袋口，放在長板凳上，再用扁擔兩頭綁緊壓出水分，經過一段時間，水分全乾了，拿出一小塊糯米團煮熟，再放回來一起揉成做雪圓仔的大糯米團。這樣做出來的雪圓仔，才是我媽的雪圓仔啊！」

「咦？靜姨你不是沒做過雪圓仔嗎？怎麼突然……」

「這個機器是我媽的祕密武器！看到它，我想起了好多事情。果然雪圓仔不能用做麵包的方法來處理啊。我還是按照我媽的方式，一步一步來吧。」

靜姨開始照著圓仔婆婆做雪圓仔的過程，先洗糯米泡水；杏兒則打開電腦，學習英文文法。靜姨磨好米漿，壓在長板凳上；杏兒改上理化。靜姨煮了小塊糯米團，開始揉大糯米團；杏兒換成國文課。等到靜姨搓好圓仔，煮水等它開的時候，杏兒開始做數學題。這段時間，杏兒媽媽像往常一樣，不時打電話來查勤。說是關心靜姨有沒有做出圓仔婆的口味，其實杏兒知道，媽媽順帶提到的自學課程，才是重點！

「來！杏兒，試吃，試吃！」

靜姨端來的雪圓仔，外表一樣雪白胖呼呼，杏兒咬一口，驚呼：「哇！軟Q又帶勁，更好吃了！」

「沒錯，這個帶勁就是差的那一點，終於被我找出來了。我趕緊去請乾叔他們來嘗嘗看，讓他們知道，圓仔婆婆的雪圓仔回來了！」

雖然圓仔婆婆目前的狀況，只能吃流質的食物，靜姨還是決定帶一碗雪圓仔到醫院。她心裡有個不切實際的願望，期待圓仔婆婆聞到這個孰悉的味道，能夠張開眼睛來看看。

靜姨的願望終究沒有實現，病房裡滿滿雪圓仔的香味，圓仔婆婆還是靜靜的躺在床上，沒有特別的反應，倒是剛好來查房的女醫師，了卻一樁心願。她吃了靜姨請她品嘗的雪圓仔之後，讚不絕口的說：「就是這個口感、這個味道，這是圓仔婆婆的雪圓仔沒錯！」

劈里啪啦的鞭炮聲響起，老城區美食街雪圓仔攤重新開張了！

郭主委跟四面八方聚集來的熱情食客說：「我保證世界冠軍麵包師傅做的雪圓仔，跟圓仔婆做的雪圓仔一樣好吃。歡迎大家回到老城區來品嘗美食。讓我們一起祈願圓仔婆早日康復！」

換靜姨說話了：「謝謝大家對雪圓仔的愛護，相信圓仔婆……」

靜姨停頓一下，深吸一口氣，才繼續說：「圓仔婆婆一定能感受到大家的祝福，真的謝謝大家！還有一件事跟大家報告，我打算在圓仔攤開班授課，教大家做出道地圓仔婆口味的雪圓仔。有興趣的人，馬上就可以報名囉！」

現場響起一片掌聲，杏兒知道這是靜姨要傳承雪圓仔的決心，她希望圓仔婆婆醒來的時候，可以吃到口味道地的雪圓仔，更期待這種口味的雪圓仔一直流傳在老城區。杏兒也想加入學習製作雪圓仔的行列，只是不知道媽媽會不會答應呢？

「杏兒，來！快來幫媽媽拿菜，拿到廚房去。」

媽媽推開紅木門，把摩托車騎進小庭院的蓮霧樹下，一邊把放在踏板上面的大菜籃提下來，一邊大聲喊著應該在屋裡看書的杏兒。

趴在床上翻食譜的杏兒，聽見媽媽的聲音，急忙起身，順手把食譜塞在涼被底下，看看書桌上好好的擺著翻開的數學課本，她轉身跑出房間，來到庭院的摩托車旁邊。

「媽，今天怎麼買這麼多菜呀？」

她抓起三根胡蘿蔔，一把青蔥和兩顆馬鈴薯，跟在提了一條大魚，和幾斤豬肉的媽媽後面，一起進了廚房。

媽媽說：「爸爸後天就要出門了，回上海那邊的工廠上班，又要半年才回來。這兩天，每餐都做幾道他愛吃的菜慰勞他一下！」

「哇，太好了，有炸肉丸吃囉！」

杏兒高興的叫出聲來，因為她知道，媽媽說的，爸爸愛吃的菜，就是炸肉丸呀！爸爸最愛吃炸肉丸了，只是這道菜很費工夫，肥瘦比例恰當的豬肉要剁碎，加料調味之後，還得注意同方向攪拌，分次加水，捏成丸子還要炸兩次，一個步驟沒做好，結果味道就不一樣！媽媽通常只有過年做年菜的時候，才會特別花時間準備，沒想到這幾天竟然有這種口福。只是，作為主角的爸爸，早上跑哪裡去了呢？做肉丸的時候，要靠他剁豬肉啊。

「好了，杏兒把東西放在流理臺上，你回房間去看書吧。等爸爸從公司回來，再叫你出來一起吃飯。啊，我還是先去書房，把奶奶的食譜拿過來好了。雖然這道菜做過很多次，總覺得跟奶奶親手做的差一點，我還要再研究研究，到底是……」

媽媽一邊清點買回來的食材，一邊把杏兒趕出廚房，還一邊自己念念有詞，說個沒完沒了。杏兒不等她把話說完，急著轉身就往外跑，嘴裡大聲的說：「我去！我去把奶奶的食譜拿來！」

那本奶奶親手繪製的寶貝家傳食譜，正躺在杏兒床上的涼被底下，要是被媽媽發現剛才杏兒沒在讀書，鐵定又要被念到耳朵長繭。

她飛快的回到房間把食譜拿來，然後興致勃勃的問：「還有什麼事要幫忙嗎？我可以……」

「去，去，去，快回去讀書。煮飯煮菜的事情，媽媽來就好！」

杏兒嘟著嘴巴抗議：「前天爸爸難得去臺北公司看看老同事，我想跟去附近的書店逛逛，你說不行；今天我想陪你去市場買菜，你也說不行；每天就是看書看書，除了看書什麼都不行！」

「楊春杏，你還敢說？暑假給你買的線上課程，你有沒有好好讀？跟著你靜姨做麵包就算了，還跟著做雪圓仔，時間都花在做吃的上面，你拿什麼跟那些在補習班苦讀的同學比呀？」

完了，媽媽連名帶姓的叫出來，表示她真的生氣了！杏兒吐吐舌頭，趕緊溜出廚房：「好啦，好啦，我馬上、立刻就去看書，不要生氣啦！」

只是，她才在書桌前坐下，又聽到媽媽喊她了：「杏兒，摩托車上還有一包絞肉，先去幫我拿進來！」

唉……媽媽就是這樣子！

把昨天數學老師交代的作業，完成一半，杏兒放下筆，甩甩手，轉轉頭，站起身來，想去床鋪上的涼被下，拿出剛剛看到一半的食譜，猛然想起，剛才已經把食譜拿到廚房給媽媽研究了。

說起來杏兒這個看食譜的愛好，真的滿特別的。她從小就喜歡跟在奶奶身邊，在廚房裡弄東弄西弄吃的。別人家小女孩懷裡抱著金髮碧眼的洋娃娃，她卻是用奶奶蒸饅頭的麵團，捏出小玩偶。別人家小女孩用泥土樹葉花朵玩家家酒，她卻是跟著奶奶真刀實槍煮飯炒菜還包餃子！只是杏兒上六年級時，奶奶到天上去了，媽媽接管廚房，她說杏兒課業愈來愈重，別再來廚房浪費時間。現在杏兒國中一年級了，媽媽變本加厲，盯杏兒的功課盯得更緊啦，杏兒只能偷偷看看奶奶留下來的食譜過過乾癮。

「哇，好香的味道！是炸肉丸，對不對？」

爸爸回來了，歡喜快樂的聲音，從院子進了廚房，杏兒聽見爸爸大聲叫她：「杏兒快來！來吃炸肉丸囉！」

「欸，欸，欸，等等，等等，等一下，燙啊！」爸爸伸手去拿剛炸好的肉丸，就被媽媽阻止了。

杏兒來到廚房，就看到爸爸一邊張口哈、哈、哈的吐出嘴巴裡，咬著的那顆肉丸的熱氣，一邊還伸手去盤子裡再捏一個。

她有樣學樣的，也伸手捏起一個肉丸，放進嘴裡，叫了出來：「哈，哈，哈，好燙！」

「哎呀，就跟你們說很燙了呀！」媽媽放下手上撈肉丸的漏勺，不忘責備一下父女兩個，語氣中卻帶著一絲絲的高興。

爸爸把手上那個香噴噴的丸子，塞進了媽媽的嘴裡：「來，你也吃一個，嘗嘗自己的手藝。秀貞，你呀，快要得到我媽的真傳了！」

「是呀，我可是照著媽媽的食譜，一步一步炸出來的。唉，真可惜那時候忙上班，沒機會跟她手把手的學起來。不然，口味一定更像更好吃！」媽媽說完，還長長的嘆了一口氣。

爸爸卻拍拍杏兒的肩膀說：「我媽手把手教出來的是這位呀，有機會讓杏兒露幾手吧！我……」

「不行！不行！杏兒現在最重要的就是把書念好，想要煮食，長大還怕沒機會嗎？現在啊，就乖乖吃我煮的吧。我的手藝也不錯啊，只是輸奶奶一點點，對吧？杏兒。」媽媽不等爸爸的話說完，馬上就大搖其頭的讓杏兒心裡期待的火花，完全熄滅了。

爸爸張口還想說些什麼，門鈴聲響了，傳來靜姨的聲音：「秀貞，杏兒，在家嗎？開開門，幫我拿東西進去！」

靜姨是跟媽媽一起開烘焙工作室的合夥人，去年剛剛獲得世界麵包大賽的冠軍，杏兒最愛吃她做的麵包了。暑假時杏兒還千拜託萬拜託媽媽，不要幫她安排補習班，她要跟著靜姨學做麵包。在靜姨的幫忙說服之下，媽媽總算答應杏兒，一邊在線上學習國一先修班的課，一邊學做麵包。杏兒真的很喜歡靜姨，她覺得有時候靜姨比媽媽還要了解她呀！所以聽到靜姨的聲音，她馬上就衝到院子開門去了。

「哇！紅酒桂圓麵包，波羅吐司，啊，還有雪圓仔！靜姨，你怎麼拿那麼多吃的來？」數著拿著，杏兒的口水都快流出來了。

靜姨笑嘻嘻的說：「知道你愛吃呀！還有，你爸爸過幾天又要出門了，這些東西啊，給他解解饞。」

爸爸媽媽也出來了，一邊謝謝靜姨的吃食，一邊問起圓仔婆今天的情況。

靜姨深深吸口氣，再吐出來：「老樣子，沒有比較好，也沒有更壞，我還是抱著希望！」

ABC

媽媽抱抱靜姨，大家進到屋裡，圍著餐桌坐下來，開始一邊吃飯一邊聊天。杏兒好喜歡這樣的氣氛，爸爸在家就是不一樣。希望靜姨家那個總讓杏兒想起奶奶的圓仔婆，趕快從醫院醒過來，就更好了。

兩天後，爸爸又出門去上海的工廠了，日子回到原來的樣子，媽媽白天去烘焙工作室跟靜姨一起上班，傍晚回家煮飯，等杏兒回家吃過飯，再騎摩托車載杏兒去補習班上課；十點鐘把杏兒載回來，洗澡吃宵夜，再讀一會書，十二點鐘上床睡覺；當然，媽媽沒看到的時候，杏兒還是會偷偷看看奶奶那本好看的食譜的。

那本奶奶自寫自畫在厚厚的素描簿上的食譜，除了各種菜餚的食材和作法之外，奶奶還加上了用色鉛筆畫的美圖，真的讓杏兒愛不釋手！小琪來杏兒家時，也喜歡翻翻這本食譜，只是怕杏兒媽媽認為她們在一起總是聊天不讀書，所以不能盡興大聲討論。她們決定偷偷帶到學校去看，看完後再偷偷放回杏兒家的書房，杏兒媽媽應該不會知道的。主要是，看食譜又不是壞事，不要把寶貝食譜弄壞就好了。

這天學校的午餐時間，平常總和她邊吃邊聊的小琪，突然請假回鄉下去了，杏兒自己一邊吃飯，一邊翻看本來要跟小琪分享的奶奶食譜，耳邊傳來一個聲音：「我爸爸最愛吃炸肉丸了！」

杏兒轉頭看見開學到現在兩個多月，從來沒跟她說過話的曉瑜，不知道什麼時候站在旁邊，盯著桌上的食譜看。攤開的食譜上正是炸肉丸這一頁，奶奶在上面畫了一鍋在白菜滷汁裡油亮亮的炸肉丸子，和浮在蘿蔔排骨湯上的炸肉丸子，還有一盤堆得高高的炸肉丸子。

同學們都說曉瑜是個怪胎，整天皺著眉頭一句話都不說，放學就一個人往校門口衝，一個朋友都沒有，考試成績再好有什麼用？她應該就是那種只顧讀書，什麼都不管的人吧？可是，這個怪人怎麼突然跟杏兒說話了呢？杏兒不知道該回她什麼話，只能呆呆的說：「我爸爸也很愛吃炸肉丸。」

曉瑜看了杏兒一眼，什麼也沒說，就走開了。杏兒聳聳肩，不知道發生了什麼事。

下午放學回家，一群人在校門口揮手說再見。平常跟杏兒同方向的小琪沒來上學，杏兒自己朝回家的路上走去，經過便利商店時，她走進去買瓶飲料，在座位區坐了下來；想到回家後又要跟著媽媽匆匆忙忙的步調，吃飯、洗澡，再去補習班上課，她就覺得自己需要在這裡好好的喘一口氣。

然後她聽到了一陣爭吵的聲音：「不管，我就是要這個！這個炸肉丸好吃！」

「不行，昨天、前天你都是吃這個，每次吃一口就不吃了，害我和弟弟天天吃一樣的……」

「昨天和前天的都不好吃呀，今天這個看起來就很好吃，我就是

要吃這個！」

冷藏盒餐的櫃子前面站了三個人，看起來像是爸爸帶了兩個孩子，大的是女生，穿著跟杏兒一樣的制服；小的是男生，穿便服，大概國小三四年級吧。他們的聲音愈來愈大，國中女生不肯再買炸肉丸餐盒，爸爸卻偏偏非買不可，小男生看看姐姐又看看爸爸，好像不知道怎麼辦才好。

這情況還真奇怪，怎麼爸爸像個無理取鬧的小孩，女孩卻像是有權做決定的大人呢？不會是奇幻小說裡兩個人的靈魂交換情節，在日常生活中真實上演吧？杏兒跟店內的其他客人一樣，狐疑的看向他們的時候，那個跟她穿一樣制服的女生，好像發現了周遭奇異的眼光，她轉頭看了看四周，目光和杏兒對了正著，杏兒大大吃了一驚，她是……她正是……她正是班上那個沒朋友的怪人何曉瑜呀！

曉瑜張了張嘴，卻什麼也沒說出口，她低下頭，一手拉住男人的大手，一手牽起弟弟，對他們說：「走，我們去買別的東西吃。」

可是男人甩開曉瑜的手，一屁股坐在地上，兩隻腳用力一前一後、一伸一縮不斷的踢著地板，嘴裡大聲喊著：「不要，我不要吃別的東西！我就是要吃炸肉丸，我要吃炸肉丸！」

杏兒看到滿臉通紅的曉瑜，想把男人拉起來，趕快離開，可是她根本拉不動那個躺在地上耍賴的大個子，急得都要哭出來了。

杏兒想起早上出門上學前，媽媽說冰箱冷凍庫裡還有一些炸肉丸，傍晚在黃昏市場買個大白菜，晚上來做一道紅燒小小獅子頭，她不假思索的對著曉瑜他們說：「來我們家吃炸肉丸吧！我媽媽炸的肉丸很好吃喔！」

躺在地上的大男人竟然馬上停止胡鬧，爬起來拉著曉瑜的手說：「走吧，我們去吃炸肉丸。」

曉瑜想了一下才跟杏兒說：「我們先出去好了。」

杏兒跟在他們後面走出超商，心裡暗暗責怪自己的衝動行事，後悔的想著，要怎樣跟媽媽解釋，自己怎麼突然帶三個人回家吃飯呢？

一行人來到小公園旁，曉瑜跟弟弟說：「你先帶爸爸去盪秋千，我等一下去找你們。」

弟弟乖乖的點點頭，爸爸卻嘟著嘴說：「我要吃肉丸子呀！」

「先去盪秋千，等一下再吃肉丸子。」

曉瑜把一大一小兩個男生推去盪秋千了，轉頭看著杏兒，長長的嘆口氣才說：「謝謝你，楊春杏。你不必真的帶我們去你家吃炸肉丸，等他們玩累了，隨便買個什麼都可以，只要能填飽肚子就行。」

「那……我……」杏兒大大鬆了一口氣，卻又覺得很不好意思，更有一股濃濃的好奇，這到底是怎麼一回事呢？

曉瑜長長的嘆了一口氣才說：「我爸爸本來是大醫院的醫生，因為工作太勞累，有一天在醫院裡昏倒了，急救了幾天才醒來，醒來以後就變成現在這個樣子了，智力退化到只有小學一二年級的程度，比我弟弟還要幼稚！」

「那……你……」杏兒還是不知道說什麼才好。

曉瑜轉頭看看盪秋千盪得正高興的兩個人，跟杏兒說：「我要帶他們去吃晚餐了，我媽要到十點才下班呢。」

她朝盪秋千跑過去，突然又轉過身來：「不要跟學校的人說這件事好嗎？」

杏兒用力的點點頭，曉瑜露出了難得的淺淺笑容：「謝謝你！」

第二天中午吃飯時間，杏兒拿了一個便當盒給曉瑜：「我媽說這幾個炸肉丸給你帶回去，電鍋半杯水蒸熱就可以吃了。如果用微波爐的話，加蓋微波個兩分半就好。」

曉瑜卻搖搖手拒絕了：「我媽常說無功不受祿，不可以隨便拿別人的東西。」

杏兒也把媽媽抬出來：「我媽說做人要講信用，昨天我說過要請你們吃炸肉丸的，你就帶回去弄給他們吃吧！」

說著就把便當盒放在曉瑜桌上，還補上一個理由：「再說，我媽真的一次做太多了，冷凍庫裡都是炸肉丸，我們兩個人哪吃得完啊？所以說，是請你們幫我們把肉丸吃掉啊！我才要謝謝你們呢。」

曉瑜臉上又浮起了難得一見的笑容，她把杏兒給的便當盒收進提袋裡，輕輕說過謝謝，再問：「你爸爸不是愛吃炸肉丸嗎？他怎麼不幫忙吃？」

「他去上海工作，大概要半年後才回來。唉，對了，你來上學，你爸……」

杏兒的話還沒說完，曉瑜就出聲制止她：「噓……小聲點！」

「啊……」杏兒伸手遮住嘴巴，轉頭四處看看有沒有人聽到她們的對話，發現大家忙著吃飯聊天，根本就沒人注意她們兩個，杏兒這才放心下來，小小聲的問：「你爸爸怎麼辦？」

「跟著我媽一起去早餐店上班啊，他還會幫忙擦桌子呢！老闆娘人很好，他知道我媽的難處。」

「咦？你昨天不是說你媽晚上十點才下班？」

「那是她的第二份工作，在拉麵店上晚班。」

「你媽真辛苦啊！可是，醫生不是很有錢嗎？你爸……」

曉瑜又嘆氣了，她說：「那是我國小四年級以前的事情了，我爸在我四年級的時候病倒了，不能上班，醫藥費把存款都花光了，我媽不上兩個班，錢根本不夠用。」

「這樣啊！」

杏兒最不會說安慰人的話了，真的不知道這種時候，可以說些什麼。後來還是曉瑜自己打起精神來，她再一次的謝謝杏兒：「我知道你媽的炸肉丸一定比超商的好吃，我爸應該會喜歡的。」

只是，結果跟她想的不一樣。

隔天在學校把便當盒還給杏兒的時候，曉瑜告訴杏兒：「我和我媽還有我弟弟都說，你們家的炸肉丸超級好吃，只是我爸還是搖搖頭。他說跟小時候，他媽媽做的不一樣。可是，別說我和我弟弟了，連我媽都沒吃過奶奶做的炸肉丸。我媽說他們結婚的時候，奶奶就不在了。唉，我爸昨天又吵著要吃奶奶做的炸肉丸，吵得我們都快受不了了。」

杏兒嘆了一口氣：「要是你的奶奶跟我奶奶一樣，有把食譜寫下來的習慣就好了。」

「可惜沒有！」

下午放學的時候，校門口來了一個意想不到的人。曉瑜的媽媽在對街的走廊上，伸長脖子往校門口看。走在杏兒身邊的曉瑜，立刻緊張起來，難道爸爸出事了嗎？她匆匆忙忙的跟杏兒說：「我媽在那邊，我先走了。」

杏兒看著曉瑜小跑步穿過馬路後，轉身朝回家路走去，心裡想著臨時回鄉下的小琪，不知道什麼時候才回來，卻聽到後面傳來急促的聲音：「杏兒，杏兒，等我一下！」

曉瑜追了過來，跟杏兒說：「我媽……喔，不，是我們，我們有件事情，想要請你媽媽幫忙，我們跟你一起去你家拜託她好嗎？」

「要我媽媽幫忙？什麼事？」

杏兒停下腳步，轉身看著曉瑜，曉瑜才要開口，後面趕上來的曉瑜媽媽說了：「杏兒，你就是杏兒？謝謝你請我們吃炸肉丸，太好吃了！你媽媽真會做菜啊！請問你家是不是在前面，小公園再過去一點的眷村裡面？」

杏兒點點頭後，曉瑜媽媽接著說：「就知道眷村媽媽做的炸肉丸特別好吃，曉瑜爸爸也是眷村長大的孩子，很想念他媽媽做的炸肉丸。我想請你媽媽幫忙，做出眷村口味的炸肉丸，看能不能喚醒曉瑜爸爸更多的記憶。杏兒，曉瑜跟你說過，她爸爸生病了，是不是？」

杏兒又點了點頭，不過她說：「可是中午曉瑜告訴我，曉瑜爸爸昨天說我媽媽做的炸肉丸不好吃，他想要吃他自己媽媽做的呀！」

「所以我今天特別跟拉麵店請假，想當面拜託杏兒媽媽，調整一下現在的作法，或是知不知道別的配方？唉，只要有一線希望，能夠多喚回一些曉瑜爸爸的記憶，我們都想試一試。醫生說的，多一些過去的經驗，可能是好的刺激！」

杏兒一時不知道該不該答應他們，沒有經過媽媽的同意，冒冒失失的就帶她們回家，媽媽會不會生氣呢？

昨天晚上吃飯的時候，杏兒告訴媽媽，曉瑜爸爸從大醫院的醫生變成了智力只有小學一二年級程度的大孩子，還把自己差一點就把她們一家三口帶回家來吃飯的事情也說了，本來以為媽媽會說，不要隨隨便便帶人到家裡來，沒想到媽媽竟然說：「怎麼不帶她們來呢？啊，我只弄了兩人份的炸肉丸，都被你吃光了。那，吃飽再把冰箱的拿出來熱一熱吧！明天用便當盒裝去給你那個同學。」

想起媽媽昨天的反應，杏兒覺得帶曉瑜媽媽回家，媽媽應該不會生氣吧？唉，這時候要是有手機就好了，可是媽媽早就說過了，手機是考上明星高中的獎品啊！

「可以嗎？」

曉瑜的聲音打斷了杏兒的猶豫不決，杏兒點頭說：「走吧，我帶你們去找我媽媽。」

兩個媽媽第一次見面，沒想到聊著聊著竟然都紅了眼眶！

原來，曉瑜媽媽原本是養尊處優的醫生太太，現在要做兩份工作、照顧兩個孩子和比孩子還要孩子的先生；杏兒媽媽則是驚覺人生不是當了醫生後，從此過著快樂幸福的生活，眼前這個媽媽的遭遇，真是讓人心酸和同情。不知道怎麼的，她就突然想起了自己對杏兒說過，現在好好讀書，將來當個醫生、律師或是老師，一輩子就可以不愁吃不愁穿，快快樂樂過日子。但是，眼前這一家人的例子，卻完全不是這樣！曉瑜爸爸當年一定也是經過一番苦讀的學生，那些分數現在又有什麼意義呢？

杏兒媽媽在心裡嘆了一口氣，然後說：「我來試試看，要是能做出曉瑜奶奶的味道，說不定真的能夠喚醒何醫生的記憶。」

於是，杏兒媽媽擦擦眼角，握緊拳頭給曉瑜媽媽打氣，而曉瑜媽媽則勉強的牽動嘴角，苦苦的笑一笑：「何醫生，好久好久沒有聽到這個稱呼了呀！其實，不管能不能喚醒一些記憶，我想能夠吃到媽媽的味道，他一定會很高興。只可惜我怎麼試，都不成功，只好來拜託你了！」

接下來的日子，杏兒媽媽開始做各種口味的炸肉丸，首先試著加一點蔥花，炸好的肉丸用便當盒裝好，讓杏兒帶去學校，讓曉瑜帶回家去，給她爸爸吃吃看，第二天曉瑜把洗乾淨的便當盒還給杏兒，跟她說：「我爸爸說這不是奶奶的炸肉丸。」

後來去掉蔥花改放剁碎的胡蘿蔔和芹菜，第二天曉瑜把洗乾淨的便當盒還給杏兒，還是說：「我爸爸說這不是奶奶的炸肉丸，還說奶奶的炸肉丸沒有綠點點和紅點點。」

怎麼辦？曉瑜奶奶的炸肉丸，到底加了什麼東西呢？杏兒媽媽跟靜姨討論後，想到了一個不常見的食材。

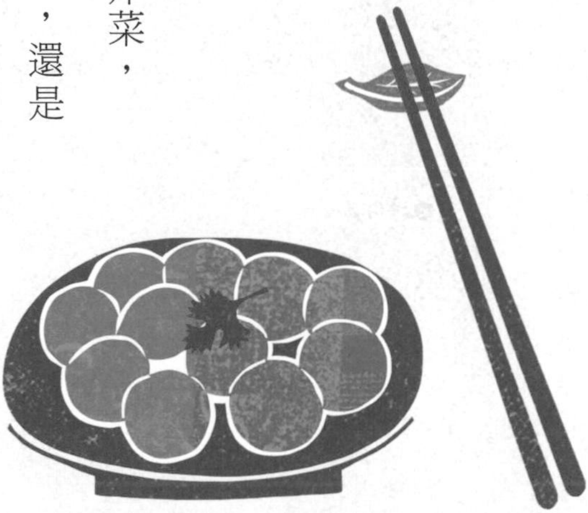

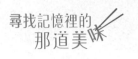

「媽，這長了幾撮頭髮的小黑球是什麼？」

「咦，你不說我還沒發現，這荸薺長得還真像是長了頭髮的小球呢，哈哈！」

荸薺就是靜姨介紹的新食材，去皮剁碎加進碎肉裡，聽說是做年菜才用的特別食材。說不定就是荸薺讓曉瑜奶奶的炸肉丸這麼特別！

可是，隔天曉瑜把洗乾淨的便當盒還給杏兒，還是說：「我爸爸說這不是奶奶的炸肉丸，奶奶的炸肉丸沒有放水梨。」

哎呀，那是荸薺不是水梨呀！只是，不管是荸薺還是水梨，都不是曉瑜奶奶的炸肉丸。杏兒想，要是奶奶還在的話，應該會知道這難題的答案是什麼吧！

就在大家不知道怎麼辦才好的時候，杏兒在奶奶的食譜裡，炸肉丸的那一頁，上面畫了一鍋白菜滷汁裡油亮亮的炸肉丸子的地方，沿著鍋子的弧度，發現了一行小字，是她以前沒有注意到的！

杏兒把這行字念給媽媽聽：「今年……肉不夠，加……了一……些豆腐……」

媽媽笑了，她說：「奶奶一直都這麼厲害呀！聽爸爸說，他小時候家裡沒錢，奶奶東變變西變變，就是可以變出大家喜歡吃的東西來，而且……咦！豆腐？加了一些豆腐嗎？」

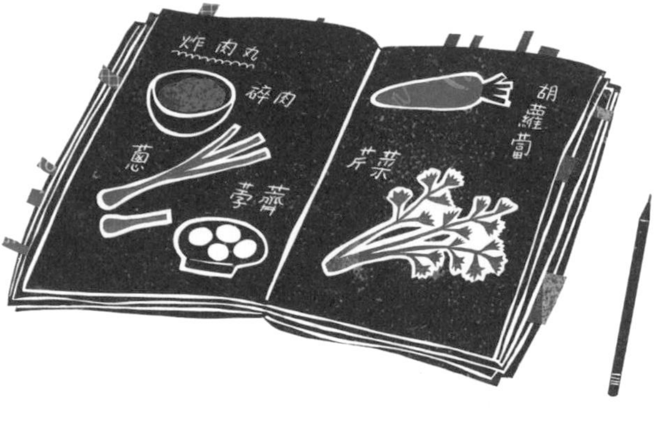

媽媽高興的叫了出來，馬上出門買豆腐去了。

終於，靠著杏兒奶奶的食譜，曉瑜爸爸吃到了想念幾十年的媽媽味道！聽曉瑜說，他吃著吃著眼淚都流下來了。這個星期天，曉瑜媽媽要來杏兒家，跟杏兒媽媽學習怎麼做加了豆腐的炸肉丸，以後杏兒就不用天天吃炸肉丸了。說實話，杏兒覺得最初試做的那些炸肉丸都很好吃，無論是加了蔥花的，加了胡蘿蔔、芹菜的，還是加了荸薺的，以及最後加了豆腐的，全都很好吃啊！曉瑜爸爸特別愛加了豆腐的，應該就是想念的媽媽的味道吧！

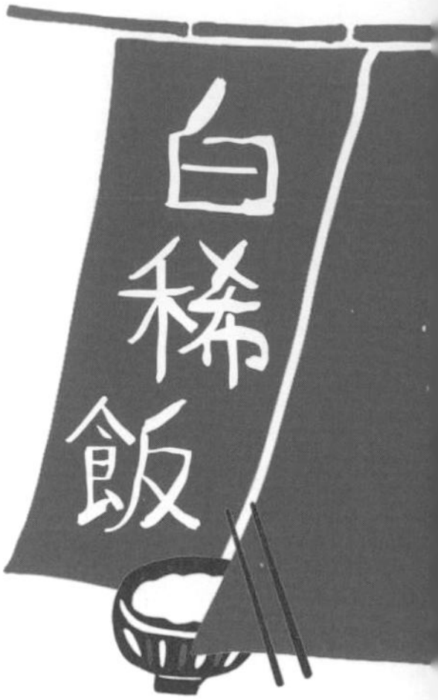

小琪終於回來上課了！

杏兒問她怎麼回去鄉下這麼多天，她說：「我外婆腳扭傷，連煮飯都沒辦法，我媽只好跟工廠請假，回去煮飯給外公外婆吃。」

「那你呢？你也跟著回去煮飯嗎？」

杏兒一邊剝開小琪從鄉下帶來自己茶園種的橘子，一邊繼續問她，她搖搖頭：「我才沒有像你那麼愛煮飯！前一陣子秋茶就開始採了，四處找不到人來採，再不採茶葉都老了，外公外婆辛苦照顧茶樹的心血就白費了，我媽帶我回去幫忙採茶的。」

為了採茶不來學校上課？杏兒瞪大眼睛看著小琪：「你媽跟我媽真的不一樣欸！我媽最愛說什麼萬般皆下品，惟有讀書高，就是天塌下來了也要上學。」

坐在旁邊一直沒說話的曉瑜突然開口了：「用我媽的話來說，就是你們家命好，沒有遇上突發的、意外的事情，平平安安的把讀書當最重要的事，我媽說現在是健康最重要。」

小琪點點頭：「是啊，我外婆也說健康最重要。不過我媽說，賺錢也很重要！哈哈！」

小琪本來還是跟班上其他同學一樣，把曉瑜當怪咖的，沒想到她才請假幾天的時間，回來上課後，杏兒就跟曉瑜熟起來了，熟到中午會一起吃便當。詢問之下才聽杏兒說，原來是因為之前她們一起為本來是醫生，卻因為生病智力變成小學低年級的曉瑜爸爸，尋找炸肉丸美味的祕訣後，才變得熟悉起來。

向來看偶像劇哭點很低的小琪，聽完後竟然就伸手擦擦眼角，跟曉瑜說了一句：「你真的好辛苦呀！」

曉瑜聽了苦笑一下才說：「要照顧兩個不懂事的弟弟，真的很辛苦！但是，更難過的是，看著以前精神飽滿、神采飛揚的爸爸，變成現在這個樣子，我真的……」

曉瑜哽咽的說不下去了，小琪看著杏兒，不知道怎麼辦才好；杏兒也只能搖搖頭，伸手拍拍曉瑜的肩膀安慰她。

現在，小琪聽到曉瑜說健康最重要，她又問曉瑜：「你爸最近還

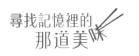

好吧？」

曉瑜嘆了一口氣：「我看還是差不多，但我媽覺得他進步了，他慢慢想起了我奶奶的幾道拿手菜，和一些小時候的事情。這真的要謝謝杏兒媽媽按照杏兒奶奶的食譜，做了那些好吃的眷村菜！只是，他還是很幼稚啊……」

放學回家，曉瑜跟以前一樣，匆匆忙忙的走了，她要接手媽媽照顧爸爸和弟弟的工作；杏兒和小琪兩個人，則是在超商買了飲料後，坐在小公園的秋千上聊天，她們在為晚上補習班的課程，儲備一些精力。

杏兒問小琪：「你外婆的腳好了嗎？」

「好一些了，撐著拐杖可以稍微走動。不過我媽很不放心就是了，但是工廠不能請假太久，所以她要我外婆訓練一下外公，學著做簡單的吃食，哈哈！」

「你呢？茶葉都採完了嗎？」

小琪搖搖頭：「還沒呢！星期六日再回去採，我媽說雖然我總是左耳進右耳出，書讀一讀都還給老師了，但還是要來上課，多多少少還是學一點，學多少算多少囉！」

「啊，我沒有採過茶，連看都沒有看過，應該很好玩吧？」

杏兒的問題，惹得小琪哇哇大叫：「怎麼會好玩啦！有時候太陽晒得一身汗，有時候又要淋雨，背著重重的茶簍，有時候一心一葉，有時候一心兩葉，還有時候一心三葉，弄得我一個頭兩個大，怎麼會好玩呢？更討厭的是，黏在葉背上的毛毛蟲，摸到像被一把針刺到一樣，火辣辣的痛死人了！採茶怎麼會好玩啦！」

杏兒沒想到小琪會這麼激動，吐吐舌頭安慰她說：「好啦，好啦，一點都不好玩，好不好？可是，總比整天關在屋子裡讀書好吧？想想看，藍天白雲加上翠綠的茶園，新鮮的空氣，好像出去郊遊一樣啊！」

小琪聽到只能苦笑了：「算了，光聽我說，你真的沒法想像，有機會你跟我上山去採採看吧！」

「怎麼可能？我媽說的，萬般皆下品，惟有讀書高啊！我還是乖乖的關在屋子裡讀書吧！」

這下，換杏兒一臉苦笑了。

只是，沒想到，這上山採茶的機會，竟然很快就出現了！就在杏兒回家吃晚餐的時候，媽媽問她：「杏兒，小琪的外婆家，是不是有種茶啊？」

小琪國小五年級開始，就跟杏兒同班，那時候就是無話不說的好朋友；上了國中，不但同校還繼續同班，兩個人都是家裡的獨生女，就好像找到姐妹一樣。不過杏兒媽媽管得緊，杏兒不曾到過小琪家，倒是小琪曾來杏兒家住過幾次，當時她就是帶著茶葉禮盒來當伴手禮的。

杏兒一邊喝著冬瓜排骨蛤蜊湯，一邊回答媽媽：「是啊，她上次來我們家就帶了她外公自己做的茶給你啊，你忘記囉？她最近都要回去幫忙採茶呢！她外婆腳扭傷，小琪媽媽也跟工廠請假，回去煮飯給她外公外婆吃。」

「這樣啊？那週末我們跟她一起去看看，不知道方不方便？你幫我請小琪問問她媽媽，看看可不可以？」

「我們？去採茶？是我跟你嗎？我們要去採茶？真的嗎？」

杏兒真是太驚訝了，連珠炮似的問題，問得媽媽直搖手：「不、不、不，不是我和你，是我和你靜姨！這一段時間，我們到處去找茶，希望找到適合做麵包的茶，看看能不能發展出系列的茶麵包，做為店裡的特色，這都是你靜姨的點子，我也覺得很棒！只是，找了好久，去過好多茶山，不是這個不行，就是那個不好，我們差點就要放棄這個想法了，後來喝到某一家的包種茶，我們都很喜歡，製茶的師傅也很高興跟我們合作。因此，靜姨希望再找一種茶，做成茶系列麵包，我想起小琪外婆家好像……」

「哎呀，我也要一起去小琪外婆家啦！考試剛考完，我出門輕鬆一下可以吧？我會把作業帶去，找時間完成的！小琪都請假去採茶了，我利用週末去看看，應該還好吧？再說，你和靜姨都出門了，你放心讓我一個人在家嗎？哎～喲～，媽，你們就帶我一起去啦，好不好嘛？」

杏兒想盡辦法，要說服媽媽帶她一起出門，媽媽本來要一口回絕的，但她停頓了一下，不知道想起了什麼，遲疑了一會兒才說：「這個到時候再說吧，你還是先幫忙問問小琪他們家，看看我們這個週末可不可以去拜訪小琪的外公外婆。」

結果，星期六中午，杏兒跟媽媽坐在靜姨的車上，一起來到小琪在鄉下的外婆家，這當然跟靜姨大力支持杏兒有關。另外，媽媽自從認識了曉瑜她們家，知道了曉瑜爸爸的事情後，確實也跟以前不太一樣了，她並沒有三申五令的要杏兒回家後一定要補功課，竟然說的是：「好吧，整天讀書放鬆一下也好。」

聽得杏兒一直問靜姨，今天的太陽從哪一邊出來。

車子停在一座三合院圍著的晒穀場上，杏兒幫忙把大人們準備的各種口味的麵包和餅乾拿下來。這時一個拄著拐杖的老奶奶，一邊跟大家打招呼，一邊對著屋後的小山坡高聲呼叫：「小琪啊，你同學來囉！」

「哎呀，拿這麼多東西來，怎麼好意思呢！你們太客氣啦！」杏兒媽媽和靜姨一邊把東西拿進屋裡，一邊跟老奶奶說：「我們才不好意思啊，你們這麼忙，還來打擾你們，真是……」

就在大人們不好意思來，不好意思去的時候，一個腰間綁著茶簍，頭上戴著斗笠，還用大花布蓋住斗笠，在下巴打個結的採茶姑娘，衝進屋裡來了：「杏兒，你們來啦！哇，這麼多麵包，太棒了！」

小琪這一身打扮，真是跟學校差太多了，要不是聽慣了兩年多的嗓音，杏兒差一點就認不出她來了。

小琪鬆開下巴上的結，拿下斗笠，嘴巴湊到杏兒耳邊，小聲的問：「蛋糕呢？你有幫我把蛋糕帶來吧？」

杏兒指指車子，也在小琪的耳邊悄悄說：「芋香布丁口味的，對吧？」

這是星期三的時候，小琪跟杏兒確定，外公外婆歡迎他們到茶園來參觀，小琪偷偷拜託杏兒的一件事，她說：「那天是我外婆的生日，可不可以請靜姨幫忙做一個蛋糕帶來？我會付錢的。」

「不是錢的問題呀，我媽他們的烘焙坊只賣麵包和餅乾，不賣蛋糕的，我知道靜姨會烤蛋糕，只是不知道……」

「那你今天回家幫我問問看嘛！你知道嗎？我外婆過生日從來沒有吃過生日蛋糕，我想給她一個驚喜，杏兒，你幫我拜託靜姨幫幫忙，好不好？」

「哇！我最喜歡驚喜了，我回去說服靜姨！」

結果靜姨一口就答應了，不但婉拒了小琪付的材料費，還加碼把簡單的芋頭蛋糕，升級為芋香布丁口味。

杏兒帶著小琪去車上拿蛋糕的時候，小琪媽媽也回來了，她的打扮跟小琪一模一樣，只是茶簍大了不少。

「啊，客人到了呀！歡迎、歡迎，請坐、請坐。路上有塞車嗎？」

小琪媽媽一邊放下茶簍，解開大花布，一邊轉頭對著廚房說：「小琪，泡一壺茶出來請客人喝喔！咦，你和杏兒躲在廚房做什麼？」

「我正在教杏兒泡茶呀！」

小琪把蛋糕放進冰箱冷藏，然後和杏兒兩個人七手八腳的泡了一壺熱茶，端到正廳來了。

「這茶好香啊！」靜姨先聞聞茶香，再喝一口好茶，然後對著小琪的外婆豎起大拇指。

外婆笑得合不攏嘴，她說：「這是我們自己做的呢！種茶、採茶、製茶、賣茶，就是人家說得自產自……哎呀，自產自什麼，我怎麼突然想不起來了……」

小琪媽媽趕緊接過話題：「自產自銷啦！」然後滔滔不絕的接著說下去：「我們做的量不多，也沒想要大賣，就是給老人家當作運動吧。跟他們說製茶太累了，別再自討苦吃啦！兩老都不肯，說種了幾十年的茶園，荒廢掉太可惜了。我們又有自己的工作，只能趁放假回來幫忙，連小琪也放下書本，來當採茶姑娘了。」

「欸，說這些做什麼！人家客人是來喝茶的，不是來聽你吐苦水的！好啦，我知道你們都辛苦了！可是，喝到這麼好喝的茶，你不覺得很高興嗎？」

小琪外婆說著說著，還特別倒了一杯給小琪媽媽，小琪媽媽只能苦笑著說：「媽，你就是勞碌命啊，要你休息享清福都不肯……」

杏兒媽媽趕緊說說話打圓場：「我們就是來喝茶聊天的呀！哈哈，想說看看有沒有適合的茶，可以跟麵包結合起來。」

靜姨也說：「是啊，我在國外吃過紅茶麵包，當時就想我們也有很棒很好的茶，做麵包一定不會輸給他們的！」

小琪外婆連連點頭說：「我啊，做麵包不行，製茶不會輸人的。這個比賽得冠軍的好茶你們喝喝看，希望可以做出好吃的茶麵包。」

大人忙著喝茶、品茶，杏兒和小琪卻在苦惱，什麼時候是把蛋糕拿出來的好時機。

「哎呀，外公怎麼那麼慢啦，到現在還不回來！」

小琪發現少了一個人，切蛋糕的時候，外公怎麼可以不在場呢？

她才剛說完，晒穀場上就響起了外公的大嗓門：「客人到啦！有沒有

茶

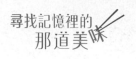

泡茶請客人喝呢？」

「有、有、有，把你珍藏的烏龍茶都拿出來了！」

外婆說完，小琪媽媽已經接過外公卸下的大茶簍，還送上一杯飄香的烏龍茶，外公喝了茶，擦擦汗，笑嘻嘻的說：「還有一種茶，是我從小喝到大的，叫做膨風茶，我更愛它的味道！膨風茶是我們這裡的特產，絕對有機無農藥，所以產量不是很多，沒辦法提供做麵包。不過，還是可以請客人喝喝看！小琪啊，你去大眠床那裡，把膨風茶拿出來。」

大眠床指的是外公的茶葉儲藏室，那裡整個房間鋪著塌塌米，是小琪媽媽她們姐妹小時候的臥室，現在放滿外公外婆做的茶。

「咦？小琪，阿公說的是膨風茶，你怎麼拿東方美人茶出來？」

杏兒看著紅色茶葉筒上的幾個大字，以為是小琪拿錯了。

外公還是笑嘻嘻的說：「以前叫膨風茶，現在叫東方美人茶，是同一種茶啦！這種茶喝起來有蜂蜜的香氣，水果的甜味，很特別吧？」

靜姨喝了一口外公介紹的好茶，眼睛都亮起來了，她說：「好棒的味道！真的不能提供我們做麵包嗎？我好想試試看哪。」

外公面有難色的想了想，最後還是搖搖頭，大廳裡的氣氛一時有些尷尬，於是杏兒在小琪耳邊說悄悄話：「我們現在把蛋糕拿出來吧！」

小琪點點頭：「改變一下話題也好！」

芋頭布丁口味的蛋糕，果然很合外公外婆的胃口，雖然沒能讓外公改變主意，卻勾起了外婆小時候的回憶，她說：「那時候家裡窮，孩子又多，別說生日蛋糕了，平常連白米飯都吃不到，三餐都是番薯籤。只有生日那天，我阿母才特別給我一碗白稀飯配兩個荷包蛋……」

「那時候有蛋吃就很好了，你阿母還給你兩個，你阿母真的很疼你呀！」

外公一副很羨慕的樣子，杏兒和小琪則吐吐舌頭，不能想像生日只有兩個荷包蛋的日子。

外婆卻是非常懷念媽媽的味道：「再也沒有吃過那麼好吃的白稀飯了呀！」

這句話讓靜姨心裡產生了一線希望，如果能做出外婆媽媽的味道，外婆一定非常高興。外婆心情特別好的話，說不定會幫忙說服外公，答應提供一些膨風茶給自己做麵包！

於是靜姨問外婆：「我們來試試看，能不能煮一碗你最懷念的白稀飯好嗎？」

說實在的，杏兒真的沒辦法理解，白稀飯這麼單純的東西，會有什麼不同的口感呢？

平常煮白飯的時候，是一杯米對一杯水；要煮稀飯的話多加一些水就好了，味道會有什麼不同呢？

等她看到靜姨煮稀飯的過程，杏兒這才發現白稀飯也不簡單呀！水量就是個大問題，多加一點水，是要多加多少呢？靜姨一口氣就煮了三小鍋的稀飯，加入的水量都不一樣。煮好了以後，一鍋像是米粒湯，水多得不得了；一鍋像是濃稠的米粒糨糊，黏黏又稠稠；還有一鍋剛好是前兩鍋加起來除以二，米粒中等、黏稠度中等，水分也中等。

小琪外婆說中等那鍋最像她阿母煮的：「但是味道就是有一點不一樣……」

靜姨想了想，她說：「我們來試試不同的鍋子吧！」

一開始，小琪興沖沖的告訴靜姨，外婆的電子鍋放在哪裡，她還特別介紹說：「這是我舅舅去日本玩的時候帶回來的喔，他說煮飯特別好吃！」

靜姨卻搖搖手：「外婆小時候沒有這種鍋子呀！而且外婆應該試過，看能不能煮出最想念的味道了吧？」

外婆點點頭：「試過了呀，這鍋子煮出來的白稀飯，好吃是好吃，可是跟我阿母煮的不一樣啊！」

杏兒媽媽看見廚房角落的架子上，蹲著一個陶鍋，就給靜姨出了一個主意：「陶鍋怎麼樣？聽說陶鍋煮的稀飯特別溫潤好吃，要不要試試？」

靜姨想了一下才說：「我們不是要煮大家都說好吃的白稀飯，而是外婆覺得好吃的白稀飯。我想聽外婆多講一些小時候的事情，說不定可以得到更多線索。」

杏兒覺得靜姨這些話很有道理！其實小琪外婆是想念她媽媽煮的白稀飯，而不是想要吃到大家說好吃的白稀飯。外婆聽靜姨這麼說，更是高興極了！平常她講起小時候的事，小琪媽媽總是嘀嘀咕咕的抱怨，聽得耳朵都要長繭了，今天有人主動要求，怎麼能放過這個機會呢？外婆端起杯子，喝了一口膨風茶，開始說起她的童年往事。

啊，那真是杏兒和小琪無法想像的年代呀！外婆的兄弟姐妹共有十二個，剛好整整一打，六個男生六個女生，她是第三個女兒，差點被送去比較有錢一點的人家裡當童養媳。

「童養媳是什麼？」

杏兒小聲的問媽媽，卻被小琪外婆聽見了，外婆說：「就是離開自己的父母，到別人家去生活，長大以後就嫁給這家人的兒子當老婆的女孩子呀！我本來講好要被送走的，是我阿母捨不得，堅持把我留下來。」

留下來的日子雖然不好過，但總是跟自己家人在一起。小小年紀的外婆，要幫忙餵雞餵鴨，照顧弟弟妹妹，跟在阿母身邊，總有忙不完的家事，雖然累得要命，家裡卻連白米飯都吃不到，餐餐都是番薯籤。

「番薯就是地瓜對不對？烤地瓜很香呀！」

這次是小琪提出疑問，問得外婆苦笑不已：「那是現在的地瓜品種好，烤起來特別好吃。再說了，天天餐餐吃地瓜，你要不要？」

小琪吐吐舌頭，不好意思的笑了。不過外婆說，雖然日子不好過，小孩子們還是有很多好玩的事——上樹掏鳥蛋，下河摸蝦子，還有到處吃不完的野果子，都是嘴饞小孩子的點心。

「最艱苦的還是大人啦！我阿母每天都很忙，忙到睡覺的時間都沒有……她啊，每天晚上睡覺前，都把第二天早上要煮的菜挑好洗好，就怕早上太晚起來，來不及煮好給我阿爸吃，讓他餓著肚子出門。」

「咦，前一天晚上就把菜洗好挑好嗎？」

聽到這，連靜姨都來問問題了，外婆點點頭：「怕睡過頭呀！」

「那煮白稀飯的時候，有先把米洗好泡水嗎？」

「哎呀，這我就不知道了，我們家只有在有人過生日的時候，才會煮白稀飯呀……我們這些孩子起床時，稀飯已經煮好啦。」

靜姨點點頭：「我有個想法，不知道對不對，需要一些時間來試試看。」

靜姨看看手機上的時間說：「今天應該是來不及了，這樣好了，我把方法跟老人家說說，你明天早上煮來吃吃看。」

靜姨告訴小琪外婆的辦法是，今天晚上睡覺前，先把白米洗好，泡水一夜，明天早上起來再煮成稀飯，可能會有媽媽的味道。

外婆聽了猛點頭：「哎呀，有道理！我阿母早上的菜都前一晚挑好洗好，煮稀飯的話，有可能也先把米洗好了。這麼多年了，我都沒

想到這點，感謝提醒！我今晚就來試試看。」

一直都沒說話的外公，也豎起了大拇指誇獎靜姨：「果然是世界冠軍師傅！做事情有條有理，還能抓住重點！」

大家都等著外公把話說下去，他卻在這裡打住，端起茶杯叫大家：「喝茶！喝茶！」

看來膨風茶真是外公的寶貝呀，他還是捨不得把寶貝茶給靜姨做成麵包。

靜姨回來後，在工作坊苦苦思考，一定要小琪外公的膨風茶才行嗎？應該也有別的製茶師傅，在製作膨風茶吧？只是，聽說不同的師傅，製作出來的茶就不同；昨天喝了小琪外公的茶，那味道真是令人難忘！靜姨覺得它就是可以做成麵包的好茶呀！

「來、來、來，找你的！」

杏兒媽媽把自己的手機，遞給靜姨，靜姨遲疑了一下，有一絲不安閃過心頭，上次杏兒媽媽轉過來的電話，正是圓仔婆昏倒住院的消息，一直到現在圓仔婆還住在醫院裡，情況雖然沒有更壞，卻也沒有好轉。現在這通電話，傳來的是怎樣的消息呢？

「謝謝啊、謝謝啊，冠軍師傅！我照你的話，把白米泡水一夜，今天早上煮稀飯，果然就是……就是我阿母……阿母的味道呀！」

是小琪外婆略帶哽咽的聲音，不斷感謝靜姨，讓她又嘗到了阿母的白稀飯！靜姨才剛要跟她說，小事一樁，不用放在心上。小琪外婆此時卻搶著告訴她一個天大的好消息：「我跟小琪她外公講好了，一定會留一些膨風茶給你做麵包！像你這麼認真的人，做什麼都會成功的！」

天哪，放下電話靜姨忍不住大叫出來，謝謝小琪外公，謝謝小琪外婆，要說謝謝的是我們呀！

「謝謝各位好朋友的支持，大駕光臨我們茶麵包系列的發表會，我知道大家都是大忙人，能夠抽空過來，我真的非常感動！除了一般的伯爵紅茶麵包之外，我們還有包種茶麵包和膨風茶麵包，請大家一定要試吃看看！把在地的好食材放進麵包，提供大家健康美味的好麵包，一直是我們的經營目標，希望……」

靜姨拿著麥克風侃侃而談的時候，杏兒、小琪和曉瑜端著托盤，穿梭在眾多來賓之間；托盤上就是今天的主角——伯爵紅茶麵包、包種茶麵包和膨風茶麵包；切開成一口大小的麵包，上面插著一根小竹籤，方便客人試吃。看著大家斯斯文文的捏起小竹籤，把麵包放進嘴裡品嘗，杏兒想起了昨天晚上，大家討論提供試吃麵包的大小時，堅持己見，互不相讓的情形。

「當然是一人發一個，才顯得我們的豪邁霸氣不怕人家吃呀！」

這是靜姨的首席助手，阿泉哥哥的意見。阿泉哥哥為人大方，每次遇見杏兒到工作坊來，總要塞一大把吃的給她，他是杏兒最期待在工作坊遇見的人！

只是身為合夥人兼任會計的杏兒媽媽，不同意阿泉哥哥的豪邁，她說：「欸，我們這是發表新產品的試吃會，不是吃到飽的麵包百匯呀！成本和效益要相當才行喔！」

「哎呀，秀貞姐，我這叫做放長線釣大魚呀，客人喜歡我們的麵包，以後就會常常來買的！」

「沒錯，阿泉，我們要放長線釣大魚，可是這魚一下就吃飽的話，就吃不下別的東西了。我們推出三種麵包，來賓吃一種就飽了，他們就錯過另外兩種啦！所以，一人發一個不行啦！」

杏兒媽媽和阿泉哥哥，你一言我一語的沒有結論，最後是靜姨說服了大家：「兩位說的都有道理，我們不能怕人家白吃，但也要考慮成本和效益，折衷的辦法就是麵包切成小塊提供，但是不限拿取次數，這樣大家也可以嚐嚐全部口味。」

現在看來這個方式還真不錯，來賓們一邊聽拿著麥克風的人講話，一邊品嘗不同口味的茶系列麵包，全都笑嘻嘻的點頭稱讚呢！杏兒也看到了許多好久不見的朋友來捧場，像是老城區美食街的郭主委和花花嬸、阿乾叔公，甚至當時照顧圓仔婆的女醫師也都來了；曉瑜媽媽帶著曉瑜爸爸和弟弟一起來，他們好像最喜歡膨風茶麵包，吃光曉瑜手上托盤的，還過來找杏兒。

當然小琪媽媽和外公外婆是一定要出席的，他們可是高品質茶葉的製造者啊！難得的是平常忙得不見蹤影的小琪爸爸，今天拿著相機到處拍照，充當紀錄活動的攝影師呢！這讓杏兒想起了遠在上海的爸爸，晚上一定要多貼一些照片和影片給他看才行，希望爸爸能早點回來吃茶麵包！

「天哪！杏兒，你看！那是誰！」

小琪靠過來，盡力壓住聲音，在杏兒的耳邊驚叫，杏兒才回頭想說她，不是說好發表會上端托盤的工作人員，行走服務的路線不能重疊，才能觸及更多來賓的嗎？她怎麼跑過來了呢？只是，杏兒還沒開口，就看見那個讓小琪忍不住過來跟她說話的人了！她頓時面紅耳赤心跳加快，渾身熱烘烘的，不知道該走上前去，還是趕緊逃開。

「哎呀，那是排球隊的大王學長欸！」

曉瑜也走過來了，三個本來應該端著托盤四處走動的女孩，現在聚在一起看著那個皮膚黝黑，高高帥帥的大男孩。

杏兒他們的學校，是縣內男生排球比賽成績數一數二亮眼的學校，排球校隊總是代表參加全國排球聯賽。這個大王學長，去年在全國大賽的球場上表現亮眼，帶領球隊獲得冠軍，是學校的風雲人物，更是女同學們注目的焦點，尤其是他跳起來殺球的樣子，真不是一個帥字能形容得了啊！雖然去年杏兒他們還沒入學，但是這學期以來關於大王學長的事蹟和風采，她們可是聲聲在耳、歷歷在目的！現在這個風雲人物，竟然朝著她們走過來了！

「請問，需要邀請卡才能入場嗎？」大王學長指指門口那一排迎風招展的發表會旗子，而三個女孩卻只是目瞪口呆的看著他，安安靜靜的沒有回答。

「啊，不好意思，打擾你們了。」

大男孩以為這是無聲的拒絕，紅著臉轉身要走，小琪最先恢復正常，她急著說：「不用，不用邀請卡！歡迎，歡迎光臨！」

「是的，不用邀請卡！歡迎光臨！對吧？杏兒？」

第二個說話的是曉瑜，她還把杏兒也拉進來，杏兒則是紅著臉猛點頭，卻說不出話來。

聽到女孩的回答，大王學長就走回來了，他沒有急著進場，卻盯著杏兒看了又看：「你……你叫杏兒？啊，沒錯！應該是你……」

大王學長伸手點點自己右邊的眉毛，再指指杏兒的眉毛，然後說：「杏兒小朋友，我是胖胖啊，大象班的胖胖，你不認識我了嗎？你的眉毛那邊有個小傷疤……」

胖胖？怎可能？胖胖是個眼睛圓溜溜，身體胖呼呼的小男孩，怎麼會是眼前這個身材高䠷，眼睛圓溜溜……不過，這樣說起來，眼睛還真像哪！

「你是胖胖？你真的是幼兒園跟我一樣大象班的胖胖？」

「我是胖胖啊！不然我怎麼知道你右邊眉毛中間，有個小傷疤呢？」

沒錯，確實沒幾個人知道，杏兒眉間那有個不顯眼的小傷疤，就連同學好幾年的小琪都不知道。那是杏兒第一天上幼兒園的時候，被一個胖呼呼的小男孩，亂丟積木的時候砸傷的，雖然當時流了血，疼得哇哇大哭，可是小男孩道歉後，杏兒原諒他了，後來還成了常常一起玩的好朋友。只是，那是胖胖呀，怎麼會是眼前的大王學長呢？

「不對呀，大王學長現在二年級，杏兒跟我們一樣一年級，你們怎麼會是幼兒園的同學呢？」

曉瑜搖頭說不對，小琪點頭贊成曉瑜說的沒錯，場面真是一團混亂，這時候，剛剛放下麥克風的靜姨走過來了。

「哎呀，你們的同學也來捧場了嗎？真是太感謝了，請進、請進！進來嘗嘗我們的茶麵包。」

靜姨看著三個臉頰紅彤彤的女孩，微微一笑，親切的邀請男孩進場，大王學長卻說：「謝謝阿姨，可是我不是一個人來的，我的小舅公在那邊，他可以一起參加嗎？」

烘焙坊店面大門口對面，那個公園入口的木頭長椅上，坐著一位戴了格紋鴨舌帽的老爺爺，當他看見門口的一群人看向他時，就站起來點點頭、招招手。

「哎呀，當然歡迎！新品發表會就是人愈多愈熱鬧愈好啊！」

聽了靜姨的話，大王學長趕快去請他的小舅公過來。他才走開，靜姨就跟杏兒她們說：「長得帥又有禮貌，難怪大家都喜歡呀！」

三個女孩的臉就更紅了。

茶麵包系列的發表會熱熱鬧鬧的結束了，大人們在意的宣傳效果應該是不錯的，接下來的日子，每天都有顧客上門問起新產品——茶口味系列麵包，幾乎天天完售。那天負責端托盤的女孩們也都覺得很高興，不過讓她們驚喜的還有一件事情，杏兒和大王學長竟然是幼兒園同學！

杏兒還特別找出了當年的畢業大合照給小琪和曉瑜看：「前面第一排右邊數過來第三個，就是胖胖……喔，是大王學長。」

「哇，胖嘟嘟的，好可愛呀！不過真的跟現在差好多，難怪你認不出來。」

小琪就是會守在排球場看校隊練球的超級粉絲，不管大王學長現在的樣子，還是幼兒園的樣子，她都覺得很可愛。

不過，曉瑜還是執著在年紀的問題：「他明明是學長呀，為什麼幼兒園跟你同一屆？」

杏兒跟她說：「因為我們學校幼兒園只有大班，所以我讀了兩次幼兒園大班，那時候我中班的年紀就讀大象班，跟胖胖同一班；後來同學們畢業去念一年級，我再讀一次大班，變成綿羊班；我忘記為什麼我中班的年紀要去念大班了，不過我記得在大象班的時候我是個小不點，在綿羊班就變成大姐大了，哈哈！」

現在胖胖變成了大王學長，在校園裡不期而遇的時候，大王學長總會跟杏兒打招呼，甚至停下來聊聊天，真的讓小琪和曉瑜好羨慕呀！

這天吃過午飯，杏兒先收拾好去洗手臺洗餐盒，小琪和曉瑜過去的時候，聽見大王學長正在跟杏兒說：「那就這樣說定囉，我們星期六下午，在靜姨的麵包店見面。」

天哪，他們是要告白了嗎？小琪和曉瑜都緊張起來了。只是，為什麼還在靜姨的麵包店呢？靜姨是還好啦，問題是杏兒媽媽也在那裡上班啊，她總是說萬般皆下品，惟有讀書高，一定不會同意杏兒現在談戀愛的！

「杏兒，你們不能約在靜姨的麵包店呀，會被你媽媽發現的！」

大王學長轉身離開了，曉瑜急著提醒杏兒，要注意約會的地點！

杏兒大吃一驚，臉一下子就變得紅彤彤的，她急著搖搖手說：「不是！不是！不是我們要約會，是學長的小舅公要去拜訪靜姨，想請靜姨幫個忙。」

「唉，原來不是告白啊！」

小琪和曉瑜像兩個洩了氣的皮球一樣，一下子就沒勁了。一個說星期六要回外公外婆家，一個要跟媽媽一起帶爸爸和弟弟去逛大賣場買東西，星期六只有杏兒有空到麵包店，看看學長的小舅公有什麼事情。

其實茶麵包發表會那天，小舅公並不是要來品嘗新口味麵包的，他在尋找記憶中的美味，卻是遍尋不著。經過靜姨的麵包店，發現是金牌麵包師傅的新品發表會，才想問問看有沒有線索。但是進門卻發現沒有機會跟靜姨深談，所以才請大王學長跟杏兒約了星期六再度拜訪。是什麼樣的美味，讓小舅公這麼念念不忘呢？杏兒跟大王學長一樣好奇呀！

星期六下午，大王學長的小舅公坐在麵包店角落的沙發上，跟大家說起記憶中的好味道。

「那是個手掌大的圓餅，大概一公分厚吧，薄薄的白色餅皮，上面有些細小的洞，還有幾條波浪狀的曲線，讓人想起月亮旁的雲朵；餡料有兩種，淡紫色的芋頭或是金黃色的地瓜，口感十分綿密好吃。其實，我回國後走過很多地方，找過很多餅店，也有看到一些外型很相像的餅，但是吃起來就是不一樣！我知道在麵包店找餅，有些奇怪，但您是世界冠軍麵包師傅，見多識廣，說不定可以給我一點意見。」

靜姨笑了，她說：「您太客氣了，麵包確實是我的專業，餅的話就沒有那麼在行了。不過，您說的餅，市面上不算稀少，可是都不是您找的口味，是不是有什麼特別的點，可以給我參考呢？」

小舅公遲疑了好一會兒，想了想才輕聲的說：「我記得她……跟我說，那是她最愛吃的餅……」

他臉上的表情，除了想念之外，竟然還有一絲絲的……哀傷？細心的靜姨也輕聲問他：「她是……？」

這一問，問出了一段沒有結果的，只有深深遺憾的戀情……不過，或許連戀情都稱不上吧，他們連告白都沒有啊！

「我念的大學以理工聞名，我念的正是當時最熱門的科系，別說系上女生很少，就連整個校園也很難見到女生的芳蹤……」

小舅公瞇起眼睛，回想年輕時光，說起四、五十年前的往事，把大家帶到如今已是科技城的山城歲月。

「學校附近有一所師專，學生畢業後可以分發到國小當老師，他們學校男生女生各半，男女分班上課。我們系上的康樂股長，總會邀約他們學校的女生班，舉辦假日的聯誼活動，她就是我在系上辦理青草湖郊遊認識的女同學——楊如月……」

如月，好美的名字啊，杏兒覺得完全就是愛情小說裡面，女主角會有的名字呀！

「當時，也不知道我們之間算不算愛情，連手都沒有牽過呢……但是每個星期日的傍晚，我都會到她們學校去找她；站在宿舍大門口那排日式木屋的走道上，看著她慢慢走過來，長長的頭髮飄呀飄的，我心跳會莫名其妙的加快，渾身熱烘烘的……現在想起來，那真是我的初戀呀！」

是的，是的，就是心跳加快，渾身熱烘烘的，杏兒現在坐在大王學長身邊，就是這種感覺呀……所以，這就是初戀嗎？

「我記得那是中秋節過後的一個傍晚，我們像往常一樣在她們學校大操場的跑道上，繞著內場的綠草地散步，當時，她遞給我一個白圓圓的餅，說是她最愛吃的餅，要我嚐嚐看……」

說到這裡，小舅公就停下來了，好久好久都沒有再說話，杏兒忍

不住問：「後來呢？」

小舅公的笑容好苦呀，他搖搖頭說：「沒有後來了……那天之後，我一畢業就出國念書，獲得學位，便留在國外工作，直到去年退休才回國定居。我想，她當老師也該退休了吧？不知道她是不是還那麼愛吃那一款餅，我對那個美味的餅可是念念不忘呀，只是回來後找了一年都沒找到……」

「不是啊，你們就突然不見面了嗎？這麼多年都沒聯絡嗎？難道……」

杏兒還想問下去，靜姨卻拍拍她說：「有時候，真的就沒有後來了。」

「什麼沒有後來了？」

杏兒媽媽推開厚重的玻璃店門走進來，她剛剛採買回來，沒有聽到小舅公的故事。

靜姨回答她：「沒事，沒事，有空再跟你報告。現在最重要的是，要幫小舅公找到他念念不忘的餅哪！」

「我是不知道大王學長的小舅公，在找什麼餅啦，倒是聽說臺中的太陽餅還滿好吃的。不過，我大概可以了解那個小舅公的心情，或許就跟我爸爸想吃我奶奶做的炸肉丸一樣吧……」

星期一，學校的下課時間，杏兒跟兩個好朋友說了大王學長小舅

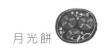

公那段不像戀愛的初戀，曉瑜關注的卻是餅的事情，不過她也沒什麼線索。

倒是小琪問了：「如果幫忙找到了小舅公最愛的餅，大王學長就會對我另眼看待對不對？啊，真希望我也是他的幼兒園同學呀！」

杏兒的臉突然紅了起來，她輕輕的捶了小琪一下：「什麼啦，就是幼兒園同學而已呀，這麼喜歡讓給你好了。」

「才不要你讓，大家各憑本事，大王學長喜歡誰就是誰，不要讓他影響到我們之間的感情啦！」

小琪的肺腑之言，感動了杏兒，她們兩個人四隻手緊緊握在一起，互相加油鼓勵。

一旁的曉瑜卻澆了她們一大盆冷水：「你們兩個有沒有搞錯啊？

這樣要讓不讓的，學長跟你們告白了嗎？說不定他喜歡的，是那個啦啦隊的隊長學姐呢，也有可能是隔壁班那個天才女排攻擊手喔！我們還是先找到他小舅公的餅再說吧！」

杏兒和小琪尷尬的吐吐舌頭笑一笑，她們確實不知道大王學長有什麼想法呀！

這天晚上麵包店打烊了，靜姨跟杏兒媽媽一起回到家的時候，杏兒剛好洗完澡出來，她一邊吹頭髮、邊跟靜姨撒嬌：「哇，靜姨今天比較閒喔，還有空來看我。」

「是啊，跟你媽媽一起來看你有沒有認真讀書啊！來，這個膨風茶麵包是特別留給你的，頭髮先吹乾再拿去吃。」

「靜姨最疼我了！」

杏兒媽媽苦笑著說：「你看到靜姨，嘴巴就變得特別甜哪！」

杏兒吐吐舌頭，撕下一塊麵包放進嘴裡，不忘問問她最關心的事情：「有找到大王學長他小舅公的餅了嗎？」

靜姨搖了搖頭：「網路上有一些資料，小舅公也都看過試過了，都不是他當年吃到的味道……我想，還是要從如月姑娘的身上找線索了。」

「你是說，要找小舅公的初戀情人？」

杏兒媽媽吃了一大驚，剛剛沒聽靜姨這麼說的呀！她覺得這個比找餅的難度更高：「這人海茫茫，要去哪裡找幾十年都沒聯絡的人呢？」

「哎呀，現在網路這麼發達，還是有希望的。我們有名字、職業，對方年紀應該也和小舅公差不多，應該可以找到的……只是，人家是否記得他呢？其實，我覺得小舅公與其說是想要找餅，實際上，要找的應該是人不是餅啊！不過，網路找人這件事，小舅公應該也知道才對，說不定他早就找過，只是沒找到，那我們就真的幫不上忙了！」

靜姨才說完，杏兒媽媽突然想到一件事：「那小舅婆知道小舅公要找初戀情人這件事嗎？」

一直插不上話的杏兒終於有機會了，她把從大王學長那聽到的訊

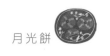

息告訴大家：「沒有小舅婆的存在喔，小舅公根本沒結婚！」

杏兒媽媽和靜姨對看一眼，長長的嘆了一口氣，這大王學長的小舅公，還真的是個癡情男子啊！

「啊，好浪漫的故事呀！我們趕快來幫忙找如月姑娘，給這個故事一個完美的結局！想想看，一對有情人終於見面的場景，會是多麼的……」

第二天小琪聽了杏兒轉述的，關於尋找餅的進展，感動得大叫出來，但是曉瑜又來澆冷水了：「看小舅公的年紀，如月應該也是個老太太了，不是年輕的姑娘囉！再說，人家說不定結婚了，可能兒孫滿堂啦，不曉得人家會不會不想見小舅公呢？」

這下，杏兒和小琪都成洩了氣的皮球，沒辦法像剛才那麼高興了。

後來杏兒回到家，聽媽媽說大王學長的小舅公告訴靜姨，他真的早就在網路尋人好久了，但就是沒有如月的消息。有過一、兩次姓名相同，但那些人並不是他認識的如月呀！

這個星期天下午，他又來到靜姨的麵包店跟大家說：「真是不好意思，害大家白忙一場了。謝謝大家給我的關心和協助！雖然無緣再吃到那麼好吃的餅，但我已經盡力追尋過，也就沒有遺憾了。唯一一件後悔的事情就是，我當時沒有堅定的拉起她的手，明白的告訴她，我喜歡她……」

小舅公說話的時候，小琪媽媽剛好走進來了。她這一陣子都住在鄉下，忙小琪外婆家的事，茶系列麵包發表會後，就沒有再出現在這裡了。

她等小舅公說完，從紙袋裡拿出兩個大紅鑲金邊、四四方方的盒子來，跟大家說：「來、來、來，吃吃看我娘家鄉下的番薯餅和芋仔餅，超級好吃喲！」

小琪媽媽一邊發餅一邊說：「這是我們那裡百年老店的經典產品，別人家都做不出來的好口味！好多外鄉人都特地坐車來買回去吃呢！」

那是個手掌大的圓餅，大概一公分厚吧，薄薄的白色餅皮，上面

有些細小的洞，還有幾條波浪狀的曲線，讓人想起月亮旁的雲朵。

小舅公兩眼發直盯著手上的餅看，慢慢的把餅放進嘴裡，咬一口，輕輕咀嚼，然後說：「就是這個餅！這就是她最愛吃的餅啊！」

杏兒看見小舅公的眼角，有著閃閃的淚光，她想著當時小舅公要是有跟如月姑娘告白就好了。

完全不知道發生了什麼事的小琪媽媽問小舅公：「咦？您吃過這種餅啊？小時候中秋節，家裡買不起那些有漂亮貼紙的廣式月餅，我們都吃這種土產的月光餅。一直以來，我都覺得還是這種月光餅好吃啊！」

小舅公點點頭：「我也覺得這種月光餅特別好吃！」

找到了餅，是不是就可以找到人了呢？

那天吃完餅後，大家雖然請小琪的媽媽回去打聽，可是都不敢抱太大的希望，但又因為小舅公的癡心，而各自在心裡默默為小舅公期待著。

後來，小琪媽媽帶來了好消息，她說：「我媽告訴我，以前有個楊老師，常常來跟我們買茶葉，只是不知道她是不是叫做如月。」

杏兒媽媽趕緊問：「太好了！知道怎樣聯絡她媽？」

「有個手機號碼，是楊老師留給我媽的，她說膨風茶上市的時候要通知她；只是膨風茶產量少，我媽又不喜歡自己推銷產品，所以也沒打過這個號碼；而且是幾年前留的，這段時間楊老師也沒來買茶了，不知道手機還通不通。」

「啊，有打就有希望！趕快打打看！」

杏兒媽媽接過小琪媽媽的紙條，抓起手機就要打電話，靜姨卻說：「等等，等等，別急呀！不要嚇到老人家了。」

靜姨說的沒錯，五十幾年前的曖昧對象，中間完全沒有連絡過，這時突然打電話過去，任誰都會嚇一跳的呀！再說，該由誰來打這個電話呢？要不要先跟小舅公說呢？這些都要先好好的想一想才行。

「當然是小舅公親自來打這個電話呀！五十年前沒說的告白，現在一定要說清楚、講明白，你說是不是？杏兒。」

小琪最先發表想法，說完還點名杏兒，爭取她的認同，杏兒連連點頭：「沒錯！沒錯！小舅公不是一直後悔當年沒有把話說清楚嗎？終於有機會告白了，當然是由他來打電話囉！哇，想到就覺得好浪漫啊！」

只是澆冷水大王曉瑜又來了：「拜託一下好嗎？萬一她結婚了怎麼辦？萬一根本不是她怎麼辦？小舅公已經失望好多次了，難道要再失望一次嗎？我覺得現在不是製造驚喜的時候，應該確定了再跟他說。」

杏兒和小琪還想說些什麼，大人們卻都覺得曉瑜說得很有道理，最後決定由小琪媽媽以種茶婆婆女兒的身分，先打電話了解情況再說。在這之前，就先不要告訴小舅公這件事了。

接下來的日子，女孩們就專心忙著應付學校的考試。沒想到，小琪媽媽的動作這麼快，在她們考完試那天的下午，就是雙方約好見面的時間！

「見面？所以，如月姑娘要出現了嗎？」

先回家安頓好弟弟的曉瑜，匆匆趕來這間連鎖咖啡廳，剛坐下就迫不及待的發問，小琪卻搖頭說：「我不知道，我媽LINE我，讓我邀你們一起來這裡，陪大王學長完成小舅公的心願，她自己就不過來了。」

杏兒也說：「我媽和靜姨覺得她們一起來的話，小舅公他們的壓力太大了。」

「那……」

杏兒知道曉瑜要問什麼，她伸手指了指角落那邊的沙發座，小舅公和大王學長就坐在那裡，兩個人都盯著開開闔闔的自動門看。

「約好三點見面的，她們應該快來了吧！」

杏兒看手機顯示兩點五十分了，嘴裡喃喃自語的問，也不知道是問好友們，還是問自己。其實，她有點擔心如月奶奶不會出現。

就在這時候，自動門開了，進來一個年紀像是大學生的男孩子，轉頭四處看了一下之後，直接走向桌上放著靜姨麵包店提袋的沙發座。三個女孩緊張的盯著陌生的大男生，希望是他認錯人了，她們等的是老奶奶，不是大學生呀！

可是大男生就這麼坐下來了，開始跟小舅公和大王學長說話。過了一會兒，學長竟然跟她們招手，叫她們過去！

「小峻哥哥說沒關係，你們可以過來一起聽。」

杏兒覺得真不好意思，心裡偷偷的念著：「厚，大王學長真的是很老實啊，怎麼跟客人說我們也一起來了呢！」

等大家坐好，小峻哥哥才開始說話：「爺爺您好，楊如月老師就是我奶奶，她……她去年到天上跟我爺爺一起了。」

小舅公臉上頓時失去了笑容，張嘴輕輕說了一聲：「啊……」

過了一會兒，小峻哥哥才接著說：

「茶園奶奶家的阿姨打電話來，說起爺爺找老朋友的事；我爸爸媽媽覺得，奶奶已經不在了，我們也不認識您，見面的意義不大，所以就算了；可是，我記得奶奶曾經告訴我的一件事，所以決定把這個東西拿來給您……」

小峻哥哥放在小舅公桌上的，是一個比拳頭還大的松果，片片木質果鱗層層疊起，像是一朵盛開的花，小舅公拿起松果的手，在這時微微顫抖著。

「奶奶說，這是她念師專的時候，一個在附近大學念書的男生朋友，特別送給她的禮物。我問奶奶，應該不只是男生朋友，而是男朋友吧！不然，怎麼會把禮物保存那麼久呢？奶奶笑了，她說那個年代，女生是不會先開口的，那個男生送了禮物卻什麼都沒說，後來那個男生又出國去了，在這之後，奶奶也認識了我爺爺……」

小舅公兩手捧著大松果，靜靜的聽著小峻哥哥說話，杏兒發現小舅公的眼角有閃閃的淚光，想要遞一張面紙過去，但是想想後，就又把手縮了回來，還是不要打擾他吧。

「阿姨打電話來的時候，我想起了奶奶的寶貝木箱子，發現松果還放在裡面。我想，您應該會願意幫奶奶保管它吧？」

小舅公在五個年輕孩子面前，用力的點點頭說：「願意，我當然願意！謝謝你，小峻。」

杏兒看著小舅公手上捧著的大松果，心裡有一股酸酸的感覺。她決定等一下回到家，要抱著媽媽對她說聲——我愛你；也要傳個訊息給爸爸，跟他說——我愛你！啊，還有靜姨，是傳訊息好，還是當面說好呢？至於大王學長，還是再想一想好了。

「厚，爸爸，你是不是迷路了啦？我們已經繞過這棵大榕樹三次了呀！」

坐在後座的杏兒，不顧身上還綁著安全帶，轉身把臉貼在車窗玻璃上，看著窗外那棵枝葉繁茂的大榕樹，嘴裡哇啦哇啦的抱怨正在開車的爸爸。

爸爸抓抓頭，不好意思的笑了：「真的有三次了嗎？我明明記得在這裡的呀，怎麼就是找不到呢？」

這個暑假爸爸從上海回來了！他特別向公司請了一個月的休假，在家裡好好的休息一陣子，也陪陪半年不見的家人。只是媽媽忙著到麵包店上班，杏兒忙著到學校暑期輔導，結果常常只有爸爸一個人在家。

好不容易等到暑期輔導前期結束，中場休息一個禮拜，再接下半場，爸爸終於可以開車載杏兒出門，開始一週的環島之旅；媽媽因為麵包店年中的結算，忙得沒辦法休假，眼巴巴的看著爸爸和杏兒出門，叮嚀他們多拍一些照片分享，更重要的是：「開車要小心！爸爸方向感不好，杏兒要幫忙看路！」

爸爸卻不服氣的說：「拜託喔，現在有一種東西叫做導航，好嗎？」

爸爸有了導航，信心滿滿！只是出門第一天，他就碰到了導航無法幫忙的困境，因為爸爸計畫的第一個景點是——難以忘懷的大學時代美食。

爸爸表示：「應該是在校門口右邊，第二條巷子進去，轉角那棵老榕樹下，有一輛賣米篩目的攤車，他們家的米篩目啊……」

ㄇㄧˇ ㄕㄞ ㄇㄨˋ？天啊，這是什麼東西？好奇怪的名字呀！爸爸看杏兒一臉疑惑的樣子，吞吞口水，暫停一下對

美食的想念，先來說明這奇怪的名字：「米是米飯的米，篩是篩子的篩，目是……呃，目是……目是眼睛那個目！」

米飯、篩子和眼睛？爸爸真是愈說愈糊塗啊，他看杏兒還是一臉疑惑，只好先搖搖手說：「哎呀，先不管名字了，它就像細細圓圓的麵條，大概只有一根手指那麼長，兩頭好像還有點尖，放在冰冰涼涼的糖水裡，就是甜的吃法；也可以吃鹹的，加入韭菜和肉絲，乾炒煮湯都合適喔！」

爸爸說著說著，又吞了吞口水，杏兒不由得也跟著吞吞口水了，於是她高興的催促爸爸：「那我們趕快去吃吧，甜的、鹹的我都要！」

問題是，爸爸一直找不到那輛攤車停駐的老榕樹，卻在這棵樹下空空，只有一張木頭長椅的老榕樹旁邊繞來繞去，看來關於爸爸的方向感這件事情，媽媽說的沒有錯啊！

「爸爸，你說攤車在校門口右邊，第二條巷子進去，是面對校門，還是背對校門的右邊啊？」杏兒看著這棵經過三次的老榕樹問爸爸。

爸爸又抓了抓頭：「面對校門還是背對校門？哎呀，沒錯！我一定是這裡搞錯了，以前從學校走出來右轉，現在開車來是面對校門右轉，方向相反了呀！哈哈，還是杏兒厲害，一下就發現問題在哪裡了！」

爸爸說著又把車子開到了校門口，這次他面對校門向左轉，鑽進了第二條巷子，這一次終於對了！在巷子盡頭轉角那裡，真的有棵比剛剛那棵還大的榕樹，垂掛著一條條氣根的樣子，看起來很老很老了，重要的是，樹下真的停著一輛攤車，旁邊還擺放著三、四張方形的折疊桌，配上幾張塑膠椅子。

「找到了！終於找到了！」

爸爸停好車，拉著杏兒在桌邊坐下，興沖沖的跟老闆娘說：「先來兩碗甜的，再來兩碗鹹的！」

老闆娘搖搖頭說：「我們只有甜的喔！」

「咦？只有甜的嗎？以前也有鹹的呀，我一次可以吃兩碗呢！」

爸爸一副要追問到底的樣子，老闆娘卻還是搖頭：「我們從來都沒有賣過鹹的！」

爸爸張嘴還想講些什麼，杏兒說話了：「爸爸，看起來好好吃喔，我們先吃一碗好嗎？」

冰冰涼涼的糖水，Q彈滑順的半透明「米篩目」，老闆娘還問：「配料可以選三種喔！你們要加什麼？」

透明隔板的櫃子裡，有紅豆、綠豆、黑豆、花豆各種豆，還有仙草、芋頭、粉粿、粉圓……琳琅滿目多得杏兒不知道怎樣選才好。

爸爸倒是很快就點了紅豆、仙草和粉粿，他說：「他們家的紅豆和粉粿都是自己做的，仙草是從新竹買來的嫩仙草，我念書的時候，最愛吃這幾種。」

爸爸好像忘了沒有鹹口味的遺憾，迫不及待的選了他的最愛。杏兒想了想，也點了紅豆和仙草，再加上看起來超級好吃的芋頭，然後她唏哩呼嚕的就把一碗剛送上來的「米篩目」吃光光，擦擦嘴巴，讚

嘆的說：「原來這就是米篩目呀！」

爸爸吃完卻皺著眉頭說：「好吃是好吃，但是跟我印象中的味道，不太一樣啊！」

這時候，有個白頭髮的老爺爺，騎腳踏車過來了，他停好車子，在隔壁桌坐下來：「頭家娘，來一碗粉條冰，老樣子，紅豆、粉粿和仙草。」

老爺爺點了餐，轉頭看見杏兒爸爸桌上那一碗，笑嘻嘻的說：「年輕人，很懂吃喔，粉條就是要加這三樣最好吃！」

「粉條？這是粉條？不是米篩目嗎？」爸爸吃驚的看著桌上那碗冰。

老闆娘端著老爺爺點的冰過來，放在隔壁桌上，轉身笑咪咪的說：「難怪你問我有沒有鹹的，原來是你把粉條當作米篩目了。你仔細看看，米篩目比較白，粉條是半透明的喲！」

爸爸睜大眼睛，瞪著碗裡的東西看了又看，過了一會兒，伸手搓搓下巴尷尬的說：「原來是粉條呀！可是，我讀書的時候，都在這裡吃米篩目的啊！那時候，不管中午還是傍晚，就算不是吃飯時間，這裡都大排長龍，為的就是要吃好吃的米篩目。我真的記得甜鹹都有，而且都很好吃！這次是特別帶女兒來，想讓她吃看看我年輕時最愛的口味。」

爸爸邊說邊盯著老闆娘看，一副希望她端出鹹口味米篩目的樣子，老闆娘卻還是搖搖頭：「我在這裡擺攤賣十幾年了，真的沒賣過鹹的粉條冰啊！」

她還跟爸爸和杏兒進一步說明，粉條和米篩目的不同：「我聽人家說，米篩目是用米漿做成團之後，再用搓籤板架在鍋子上面，搓成籤掉進滾水裡做成的。我的粉條是用番薯粉調成粉漿，再通過漏勺的小洞，放進滾水的鍋裡，變成長長的粉條。」

隔壁桌的老爺爺吃完他的粉條冰，擦擦嘴巴問杏兒爸爸：「年輕人，女兒都這麼大了，你在這裡讀書吃米篩目，是多少年前的事情啦？」

杏兒爸爸一時沒有答案，抬頭看著大榕樹上一隻唧唧大叫的雄蟬，這聲音跟那些年聽到的一模一樣啊！心裡默默算一算，哎呀，時間過得真快，那是將近二十年前的往事了。

他抓抓頭，微微苦笑著：「大概……二十年了，沒想到這麼久了呀！」

說話間，來了一群人，男男女女七、八個，嘻嘻哈哈的坐滿三張桌：「老闆娘，我們一人兩碗米篩目，一碗甜的一碗鹹的。」

他們看起來年紀跟杏兒爸爸差不多，其中一個穿著藍色運動衫的男士，幫大家點了餐之後，轉頭跟其他人說：「同學會一定要來吃當年最愛的米篩目啊！」

同學們七嘴八舌的回應他：「就是呀，想了好久的好味道啊！」

「其他地方都吃不到這麼好吃的米篩目！」

「啊，那畢竟是我們年輕時候的味道啊！」

攤車老闆娘卻急了：「我這是粉條，不是米篩目，我沒有鹹口味的粉條！」

一群人突然安靜下來，你看看我，我看看你，一副莫名其妙的樣子。

大樹下的攤車旁，安安靜靜的，只有雄蟬唧唧叫……過了一會兒，一個短頭髮的女士才小聲的說：「我們念書的時候，都是在這裡吃米篩目的呀！」

聽到她的話，杏兒爸爸終於放下心來，有人跟自己一樣想念這裡的米篩目，不是記憶出問題。於是他朝杏兒點點頭、再笑一笑，杏兒則是聳聳肩，指指桌上的粉條冰，意思是要爸爸趕緊吃。

「啊，你不是……不是……那個老闆嗎？」一個跟短頭髮女士同桌，紮著馬尾的長頭髮女士，看著剛吃完粉條冰，正在付錢給老闆娘的老爺爺，突然問了這個問題。

「不是！不是！我不是老闆！你看，我吃完還要付錢，怎麼會是老闆呢？」老爺爺急得搖手又搖頭。

老闆娘笑著表示：「阿伯是我的老主顧，老闆在家做粉條呢！」說是這樣說，杏兒爸爸卻盯著老爺爺看：「難怪我覺得你眼熟，就是想不起來哪裡見過，原來你是那時候賣米篩目的老闆！哎呀，頭髮全白了，難怪我認不出來！」

這下子，來開同學會的那些人，全都坐不住了。他們有的一再回味米篩目的滋味，謝謝老爺爺那幾年的照顧；有的感嘆時光匆匆，賣米篩目的阿伯變成了阿公，自己也老大不小了；那個穿藍色運動衫的男士，竟然過來跟杏兒爸爸「認親」，原來他們是當年吉他社差一屆的學長學弟！

只是老爺爺好像沒他們這麼高興，他有點無奈的說：「早知道今天就不來吃粉條了！」

話雖然這麼說，但是他抵擋不了大家熱情的關心，加上自己也對那段辛勞卻幸福的日子無法忘懷，他終於又坐下來，講起了幾十年前的往事。

「起初想要在這裡擺攤的，是我牽手，那時我們七個小孩還小，光靠我在罐頭工廠當司機的薪水，根本養不活一大家子。她是個能幹的客家人，什麼米食都會做。一開始，最先賣的是碗粿，她說叫做水粄仔，生意不是很好；後來才改賣米篩目，夏天賣甜的，冬天賣鹹的；結果生意愈來愈好，她想兩種口味整年都賣，就叫我辭了工廠的工作，回家兩個人一起打拼。」白髮老爺爺談到老婆，眼神和語氣都溫柔了起來。

紮馬尾的女士在老爺爺停下來的時候，接著說：「啊，我還記得老闆娘的樣子呢！臉圓圓的，瞇瞇眼，捲捲的頭髮包著一條花頭巾，跟我媽媽有點像，呵！大一的時候，學校規定外地生一律住學校宿舍，我要是想家想媽媽，就會來這裡吃碗米篩目，看看老闆娘……」

杏兒看著眼前的馬尾阿姨，想像她年輕時候的樣子，想像自己要是離家念大學，想家想媽媽該怎麼辦呢？

杏兒爸爸也點頭說：「沒錯！沒錯！常常看到你們兩夫妻在這兒忙裡忙外的，有時候老闆娘還背著一個娃娃呢！欸，那個小娃娃應該也很大了吧？」

「那是我家老么，大學都快畢業啦！」

老爺爺朝學校的方向指一指：「是你們的小學弟呢！」

「哇！這麼大啦，時間真是過得好快呀！那老闆娘呢？攤子收起來在家裡享清福了嗎？」

馬尾阿姨問出了大家都想知道的問題，老爺爺卻深深吸了一口氣，搖搖頭才說：「她就是勞碌命哪！賣了十幾年，大的孩子賺錢補貼家用，要她別再那麼辛苦了，她卻說大家喜歡她的米篩目，她希望客人來到這裡都可以吃到她的米篩目，怎樣都不肯收起來呀！」

「那現在……怎麼……？」

短頭髮的女士環顧四周，還看了看賣粉條冰的老闆娘，老闆娘急忙解釋說：「我們十年前開始在這裡賣粉條冰的時候，大樹下就已經是空空的，並沒有人在擺攤的，阿伯，原來你以前在這裡賣米篩目喔，你都沒說，我完全不知道啊！」

「沒事，沒事！不怪你們啊，你們來擺攤的時候，我們的攤子已經收起來好幾年了。因為我牽手生病走了，我一個人撐不下去……而且，開攤就想起她在這裡忙碌的樣子，所以孩子們也叫我別做了……只是，常常有客人來找，我也是很不好意思啊！」

原來賣米篩目的老闆娘已經過世了，老爺爺決定收攤不做生意，難怪大家都找不到記憶裡的米篩目！這件事情讓杏兒想起了靜姨家的圓仔婆，雖然她現在人在醫院還沒醒過來，但是她心心念念要讓粉絲吃到雪圓仔的心願，靜姨幫她完成了，那米篩目老闆娘擔心客人想念米篩目的心願，就這樣跟著她離開了嗎？

還有奶奶把那本自寫自畫的食譜，交給杏兒的時候也說過：「這是我們的家傳口味，你和你媽可要保留下來喲！」

想到這裡，杏兒脫口而出的說了：「那米篩目奶奶的願望怎麼辦？客人就算來到這裡，也吃不到她的米篩目了呀！」

這些話讓在場的大人全都安靜下來，尤其是老爺爺睜大眼睛看著杏兒，什麼也沒說，臉上的表情看不出來是生氣、難過？還是悲傷？杏兒伸手遮住嘴巴，不知道怎麼辦才好。

過了一會兒，爸爸回過神來，馬上走到杏兒身旁，輕輕推了杏兒一下：「小孩子，不懂事，怎麼這樣說話呢！快跟爺爺……」

爸爸話還沒說完，又一個戴著鴨舌帽，騎著腳踏車的爺爺來了，他完全沒有注意到大家尷尬不安的氣氛，還沒下車就大聲的跟白頭髮老爺爺說：「泉仔兄，找到了！找到了！」

下車停好，他從車頭的置物籃裡拿出一個小提鍋繼續說：「我牽手滷了一鍋肉，你吃吃看，我感覺這次是找到了啦，你吃看看……」

鴨舌帽爺爺拉著白頭髮爺爺在桌邊坐下來，轉頭跟老闆娘說：

「歹勢啦，借我一副碗筷好嗎？」

老闆娘拿來一個碗和一支湯匙：「不好意思，我這裡沒有筷子，只有湯匙……」

其他人看兩個老爺爺有事要忙，也就開始跟老闆娘點起粉條冰的配料，看來米篩目只能留在記憶裡了。

杏兒爸爸吃光碗裡的粉條和配料，擦擦嘴巴付了錢，過去拍拍學弟的肩膀打個招呼，然後轉頭跟杏兒說：「我們走吧！」

就這樣走了嗎？就這樣讓爸爸最愛的米篩目消失嗎？杏兒有點不甘心哪！她拖著腳步走得好慢好慢，忍不住回頭看看白頭髮的老爺爺，沒想到竟然看見爺爺在對她招手要她過去！

「爸，爺爺在叫我！」杏兒說完，和爸爸又回到爺爺旁邊。

白髮爺爺請他們坐下，指著眼前那碗香噴噴的滷肉說：「這是我最想念的味道！」

這時，爺爺說起了一個關於神祕豆瓣醬的故事：原來，爺爺他們全家人都愛吃肉，米篩目奶奶在的時候常常會滷一大鍋肉，讓全家解解饞，奶奶的滷肉配方裡面，有一味豆瓣醬，是在一間國小對面的藍色小發財車上買來的。她的滷肉香Q不死鹹，祕方就是加了這款豆瓣醬。那時吃過滷肉的左鄰右舍、親朋好友，甚至連小吃店的老闆娘們，都加入了跟藍色小發財車購買豆瓣醬的行列，也因此家家戶戶的滷肉都好吃得不得了！奶奶過世後，滷肉解饞的工作由女兒和媳婦接手，本來十幾年來都沒有問題，沒想到在今年年初，爺爺卻發現，怎麼家裡滷肉的味道變了？不像奶奶的家傳口味了！

老爺爺說到這裡，停頓一下喘口氣，鴨舌帽爺爺接著說：「沒錯、沒錯，就是這樣，我家的滷肉味道也變了！問題是我家裡的老婆還是同一個，煮的人沒有變啊！」

大家都被鴨舌帽爺爺的話逗得哈哈大笑，白頭髮老爺爺卻嘆口氣說：「味道變了，在家吃飯都懶洋洋的……沒想到出門去小吃店吃飯時，才發現沾醬的味道也跟以前不一樣，一開始都不曉得到底是怎麼回事？直到問了負責採買的人，大家才終於發現了原因——原來是國小對面的藍色小發財車過完年就再也沒出現了，大家買不到那款豆瓣醬，所以做不出原本的好味道……」

鴨舌帽爺爺一再點頭，接著說起他們開始尋找小發財車的經過：「本來想說裝豆瓣醬的桶子上，應該有叫貨的線索，沒想到一看居然連廠牌公司都沒有！以前太習慣吃完就去國小對面找小發財車，現在車子沒來了，我們才發現他們擺攤那麼久，竟然沒人知道他們是從哪裡來的……」

於是全村人合作，大家分頭去找藍色小發財車，那真的是上山下海的大搜索，年輕人也在網路上幫忙；最後終於有人問到隔壁再隔壁的村子，才找到了他們家。沒想到，鄰居卻說開車的老闆娘因為生病，住到療養院去了。當爺爺他們找到療養院去時，才發現她得的是失智，根本就忘記賣過豆瓣醬這件事。

白頭髮老爺爺說：「那時候，我真的以為再也吃不到這款好滋味的滷肉了！」

杏兒被搞糊塗了，兩個老爺爺跟她說神祕豆瓣醬做什麼呢？是要她幫忙找嗎？可是，剛才鴨舌帽爺爺來的時候，不是高興的喊著「找到了！找到了！」嗎？杏兒看看爸爸，爸爸聳聳肩、搖搖頭，他也不知道怎麼回事。

「我剛才試吃了一下，沒錯，我們找到神祕的豆瓣醬製作工廠了，藍色小發財車那個老闆娘，就是跟他們批發來賣的！現在，我們最愛的好味道回來了。不怕你們見笑，我剛嘗到味道的時候，還真的掉下了眼淚……」

白頭髮爺爺看著杏兒，繼續說下去：「孩子，你剛才說米篩目奶奶的願望怎麼辦，客人來到這裡也吃不到她的米篩目了……我想，我能體會客人的失望，我能感受客人如果能再次吃到她的米篩目的心情，所以……」

「所以，你會再出來擺攤賣米篩目了嗎？」

不知道什麼時候，來開同學會的叔叔阿姨們，也圍過來聽老爺爺說話，綁馬尾的阿姨說出了大家的心聲，但是老爺爺卻說：「不了，我年紀大了，禁不起這樣的操勞啦！我的七個孩子，也不想再做吃的了。我想的是，要是有人要學，我一定好好教他，把技術傳承下去，讓大家繼續吃得到我們家這種好口味的米篩目。」

這下大家突然安靜下來，不敢接話了。畢竟，大部分人想的是坐下來點一碗好吃的米篩目，吃完付錢，拍拍屁股走人，下次再來光顧；真要自己動手做就卻步了。而杏兒第一個想到的還是靜姨，她追回了圓仔婆的雪圓仔，能不能也留下米篩目奶奶的米篩目呢？

「不可能！你靜姨太忙了，連媽媽都沒時間跟我們一起出門走走了，何況是靜姨？」爸爸在杏兒耳邊小聲的這樣說，他真是厲害，一下就知道杏兒在想什麼，還馬上澆了她一盆冷水！

麻煩的是，老爺爺竟然直接點名杏兒爸爸：「年輕人，你不是愛吃我們家的米篩目，要不要和我一起將我牽手的願望完成？這也是你這個寶貝女兒期待的事情啊！你要不要來學呢？」

杏兒不知道說什麼才好的看著爸爸，爸爸又是抓頭又是摸臉頰的，也是無計可施，他下個月就要回上海的工廠上班了，不可能來學做米篩目、賣米篩目的呀！大榕樹上的蟬兒叫個不停，父女倆滿頭大汗，一部分是因為天氣炎熱，一部分則是因為……

「阿伯，我想要學！可以教我嗎？」

就在父女倆不知所措時，救星出現了！是在一邊從頭到尾看著事情發展，心情也隨著發展轉折的粉條冰老闆娘開的口。

她說：「好羨慕阿伯你們啊！這麼久了，還有這麼多客人來找忘不了的好味道。我相信我的粉條冰也有這種魅力，同時，我希望米篩目奶奶的願望能夠實現，希望客人來到這裡都可以吃到她的米篩目，所以，請教我好嗎？」

所有的人，都看著白頭髮老爺爺，連鴨舌帽爺爺也盯著他猛點頭，當樹上的蟬兒終於停下來歇口氣時，大家都聽到了老爺爺說：「好的，我教你！」

大榕樹下響起熱烈的掌聲，這是一個皆大歡喜的結局，蟬兒又唱起歌來，爸爸在杏兒耳邊大聲說：「過一陣子，我回去上海公司上班前，一定要來吃米篩目，甜的鹹的都要！」

杏兒用力點頭：「還要一碗粉條冰！」

杏兒和爸爸跟大家揮手說再見，他們還要繼續他們的環島之旅呢！

當爸爸開車上路時，特別跟在副駕駛座上的杏兒說：「爸爸方向感不好，杏兒要幫忙看路喔！」

「沒問題啦！哈哈哈……」

杏兒想起媽媽的叮嚀，出聲笑了起來。

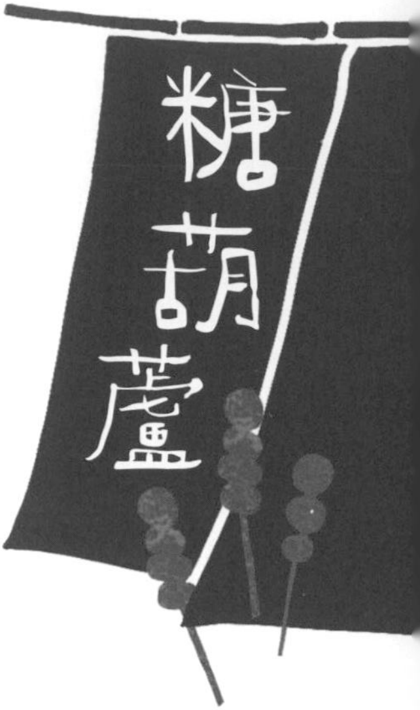

半夜響起的手機鈴聲，總讓人心驚膽跳！不是緊急的事情，不會在這種時間點聯絡。雖然杏兒媽媽的鈴聲是她最愛女歌手的溫柔歌聲，但是漆黑的夜，讓一樣被吵醒的杏兒，有些許的不安。

「醒了！醒了！我媽醒了！」

電話裡是靜姨激動的聲音，說到後面，她竟然嗚嗚的哭了出來。

杏兒完全能夠了解靜姨的心情！圓仔婆婆昏迷躺在病床上，已經一年多了，醫生也沒辦法確定有沒有甦醒的機會。杏兒想起當時醫生說：只能盡人事，聽天命了。靜姨臉上那種不知道怎麼辦才好的表情，是她這一輩子都不會忘記的。

其實，圓仔婆婆在賣雪圓仔的店裡倒下之前，跟身為世界冠軍麵包師傅的靜姨，母女之間已經好幾年沒有聯絡了；她們為了靜姨違背圓仔婆婆的期待，放棄就讀醫學系，選擇食品系而鬧翻；然而，直到再次見面，圓仔婆婆對於靜姨的呼喚和淚水，已經完全沒有反應。

這一年多來，靜姨每天都會來醫院看圓仔婆婆，幫她按摩身體，跟她說說話，說的是一直埋藏在心裡，多年來都不曾說出口的話。

「媽，你知道我半工半讀的那幾年，多麼希望你能夠來帶我回家嗎？出門在外才知道住在家裡的好，你所有的事情都幫我打點好了，我只要把書念好就行。只是，為什麼一定要我讀醫學系呢？你看杏兒同學的爸爸，好不容易當上醫生，卻因為過勞生病，不但不能照顧家庭，還成了家人的負擔，當醫生就萬無一失嗎？」

「媽，當個麵包師傅，看著人們吃我做的麵包，露出滿足而幸福的笑容，真的是一件很快樂的事，我相信你一定知道這種感覺！我看過你為老城美食街拍的影片，你說你的雪圓仔永遠在這裡等候喜愛雪圓仔的客人，就是這種心願，支持著我努力向前，成為世界冠軍的麵包師傅呀！唉，你當時為什麼就是不肯讓我讀食品相關的科系呢？」

「媽，其實我很早很早就想跟你聯絡的，尤其是拿到冠軍獎牌的時候，我最想分享榮耀的人就是你，可是我怕你還在生我的氣，我怕你還是會把我趕出家門！媽，這些年來，你想我嗎？你原諒我了嗎？」

雖然不知道圓仔婆婆有沒有聽進去，但是靜姨跟杏兒說：「我在彌補以前犯下的錯誤啊！」

杏兒不知道靜姨說的「錯誤」，是放棄當醫生的機會，選擇作為麵包師傅，還是遺傳到圓仔婆婆的臭脾氣，堅持幾年不跟她連絡，反正這一年多來，靜姨應該是這輩子跟圓仔婆婆說最多話的時候，只是都是靜姨自言自語，圓仔婆婆安安靜靜的躺在床上。

有時候，靜姨會洩氣的跟杏兒媽媽說：「真希望她能像以前一樣，聲嘶力竭的吼我罵我。」

杏兒媽媽跟杏兒一樣，不知道該怎樣安慰這個最好的朋友兼麵包店的合夥人，只能盡量多擠出時間來，讓靜姨到醫院陪圓仔婆婆，甚至帶著杏兒一起分擔跟圓仔婆婆說話的任務，她跟杏兒說：「要是不知道說什麼才好，你就念課本給圓仔婆婆聽吧！」

剛開始，杏兒很不喜歡那種自說自話，聽眾沒有反應的感覺，後來漸漸習慣了，杏兒除了念課文，還會跟圓仔婆婆分享奶奶留給她的食譜，分享她跟小琪和曉瑜之間的小祕密，反正圓仔婆婆聽了也不會說出去。最後，杏兒甚至對安安靜靜聽她講話的圓仔婆婆，抱怨起媽媽來：

「我真的不懂，為什麼我媽說認真讀書就好，其他的事都不用管？那些書超級難讀好不好？尤其是數學，不會就是不會呀！還有，為什麼一定要當醫師、律師，還是老師呢？曉瑜她爸爸雖然是醫師，現在卻跟她弟弟一樣呢！啊，圓仔婆婆，你一定知道這些問題的答案，你以前就是這樣要求靜姨的對不對？唉，好可惜你現在不能說話，不然我就知道我媽為什麼這樣要求我了……」

「圓仔婆婆，我跟你說喔，其實當一個麵包師傅也很好呢！尤其是世界冠軍的麵包師傅，大家都超愛靜姨的麵包，連你的主治醫師，那個女醫生啊，都說她愛吃你的雪圓仔，也愛吃靜姨的膨風茶麵包，還說靜姨是她的偶像呢！更別說靜姨的徒弟阿泉哥哥了，他說靜姨根本就是神一樣的存在！我覺得靜姨沒有去讀醫學系，選擇當麵包師傅是對的，我這樣說你不要生氣喔！」

「圓仔婆婆，我發現我媽媽最近好像不太一樣了欸，她不像以前那樣，總是催著我去讀書，偶而還會讓我喘口氣喔！像上次剛考完試，她還帶我跟靜姨一起去小琪外婆家採茶。還有，還有，大王學長的小舅公跟小峻哥哥見面的時候，我媽媽也讓我一起去看看……

嗯，我覺得我媽媽愈來愈好了！不過，我不會這樣就不讀書了啦。靜姨說過，當個麵包師傅也要有豐富的專業知識呢，我還是不能太懶惰的……」

不過這一年多來，杏兒總是在擔心，走進圓仔婆婆的病房時，會不會像電視劇演的那樣，突然面對一張整理過的空床鋪，然後就……；或是三更半夜鈴聲在黑暗中響起，電話的那頭傳來不好的消息……

沒想到這個晚上，電話鈴聲果然響起來了，傳過來的竟然是天大的好消息——圓仔婆婆醒過來了！

「杏兒，你靜姨現在一定需要幫忙，我到醫院看看。明天早上你自己去上學，冰箱裡的便當要記得帶，早餐你就……」

媽媽一邊收拾東西，一邊叮囑杏兒，杏兒卻說：「我也要去醫院！我要去看圓仔婆婆！」

「婆婆剛醒過來一定很虛弱，你別去吵她；你一起去，我還得抽空載你上學，再說，你在那裡，我還要分心顧著你，你想看婆婆，放學再說！」

「可是……」

「別再可是了，回床上睡覺去，你明天還要上學呢！」

媽媽說完匆匆出門去了，杏兒聽到大門從外面鎖起來的聲音，乖乖的回到床上躺下。本來以為會睡不著，沒想到最後竟然是被昨晚睡前設定的鬧鐘叫醒的，這是媽媽準備送自己去上學的起床時間，想起今天得自己出門，杏兒趕忙跳起來衝向浴室，趕忙開始刷牙洗臉！

在學校整天心神不寧的杏兒，終於在放學的路上，接到媽媽手機來電，卻是告訴她晚餐自己吃自助餐，自己去補習班，因為她會晚一點回家。

「可是……我想去看圓仔婆婆呀！你昨天晚上出門的時候，說我今天放學可以去的。」

「嗯，現在情況有點複雜，我回去再跟你說，你先把自己的事情處理好就好了！」

媽媽好像很忙的樣子，急著把手機掛了，讓杏兒連抗議的機會都沒有，只好乖乖的自己吃飯自己去補習班上課了。

沒想到，媽媽說的有點複雜，還真是滿複雜的。

補習班下課回來，媽媽跟杏兒說了大概情況：原來，因為臥床太久，圓仔婆婆的肌肉筋骨需要復健，像是起床、走路、坐下都要慢慢來；生活上的自理能力，像是刷牙、洗臉、吃飯也要別人幫忙，不過，這都不是嚴重的問題，負責物理治療的醫生說，只要努力去做，就會有進步；現在最麻煩的是，圓仔婆婆不肯說話，連一點聲音都不想發出來！也因此，為了避免造成更多的麻煩，暫時無法讓杏兒前往探病。

後來的幾天，請來幾位醫生聯合看診，都覺得圓仔婆的身體機能沒有問題，卻不知道為什麼發不出聲音來。

最後，負責語言治療的醫生說：「會不會是心理的因素呢？」

而這，就是杏兒在過了數天後，終於能夠見到圓仔婆婆的主要原因。這一年多來，除了靜姨之外，最常跟圓仔婆婆相處的人，就是杏兒了。嗯，嚴格說起來，也不算相處，就是一直念書說話給她聽，所以原先在老城醫院治療圓仔婆婆，跟靜姨一直保持聯繫的女醫師就建議，讓杏兒跟圓仔婆婆見面說話看看。只是，連最常跟她接觸的靜姨都沒辦法了，杏兒能夠完成任務嗎？媽媽說圓仔婆婆的甦醒，真的是另一個挑戰的開始呀！

杏兒看到醒過來的圓仔婆婆，是兩個禮拜後的事了。九月的陽光燦爛，照在盛開的鳳凰花上，藍天白雲和紅花，還是一副盛夏的樣子，加上蟬聲唧唧，更像是時光停下了腳步，夏天未曾離開。杏兒跟在媽媽後面，來到住院大樓旁邊的花園，看見靜姨和坐在輪椅上的圓仔婆婆，在鳳凰木的樹蔭下發呆。

「圓仔婆婆，今天好嗎？」杏兒媽媽故作輕鬆的打招呼，微微調高的音調，顯示了她的緊張。圓仔婆婆轉過頭來，稍稍牽動嘴角，卻沒有發出聲音。

站在她身邊的靜姨朝杏兒媽媽搖搖頭，用嘴型無聲的跟她說：「不說話！就是不說話！」

杏兒從媽媽背後探出頭來，終於看見十幾天沒見的圓仔婆婆了。她的白頭髮在戶外的光線下，閃閃發光；皮膚不像躺在病床時那樣蒼白，最大的差別是眼睛，眼神還不能說是炯炯有神，但是她看到杏兒的時候，明顯的閃亮起來！

媽媽讓一讓身體，要杏兒到前面來，還催著她說：「叫人哪！」

「圓仔婆婆……」

杏兒才開口，圓仔婆婆竟然抬起右手搖了一下，吃力的張開嘴巴：「ㄐ……ㄐㄩ……娟，是……是媽媽呀！」

圓仔婆婆終於肯說話了，但是她的話卻嚇了大家一跳！她怎麼會把杏兒叫做娟，還自稱是媽媽呢？就在杏兒不知道怎麼辦才好的時候，靜姨猜到了原因：「我媽把杏兒認作我了！」

不管三個人怎麼解釋，圓仔婆婆就是不相信，自己的女兒怎麼一下子就從國中生，變成了一個成年的小姐，她拉起杏兒的手說：「快……快去把……東西收……回家吧！」

醫生們也同意讓圓仔婆婆出院回家，他們要圓仔婆婆固定時間找物理治療師做復健，可以增強身體各部位的能力，卻沒辦法給圓仔婆婆的記憶什麼建議。因為，他們也不知道，為什麼圓仔婆婆在靜姨國中以後的記憶，都消失不見了……

「娟兒，這兩個小姐人真好，肯在我生病這段時間照顧你。可是，她們為什麼不肯讓我們回去老家住呢？」

圓仔婆婆扶著杏兒的肩膀，在小庭院的蓮霧樹下，慢慢移動腳步，最近她漸漸可以放掉助行器，扶著杏兒走一小段距離了。

為了讓老人家能夠安心養病，靜姨拜託杏兒媽媽讓剛出院的圓仔婆婆住在杏兒家裡，一方面是因為靜姨一個人住的單身套房太小了，沒有活動的空間；不過最主要的，還是要讓圓仔婆婆心情穩定，一時還不能讓她跟自以為的女兒分開。杏兒媽媽一口答應下來，還要求杏兒要扮演好幾十年前的靜姨角色，當一個認真讀書的乖女兒。這些都沒有問題，平常靜姨對杏兒的照顧，讓杏兒心甘情願的扮演讓圓仔婆婆安心的孩子，只是，有時候圓仔婆婆的問題，會讓杏兒不知道怎麼回答才好。

像是回來的第一天，圓仔婆婆看到鏡子裡的自己，竟然嚇了一大跳，一直追問：「這一頭白髮的老婆婆是誰？是我嗎？怎麼會是我呢？」

杏兒真的不知道該說什麼，說實話圓仔婆又不相信，不說實話，那又該怎麼說呢？

還好靜姨反應快，她說：「躺在病床上那麼久，氣色當然不怎麼好。至於白頭髮呀，現在的人煩惱多，少年白的可不少，我媽媽呀，在我像杏兒這麼大的時候，她就開始染頭髮了呢！」

圓仔婆婆聽了沒說話，也沒有糾正是娟兒不是杏兒，她瞪著鏡子裡的自己，摸摸臉頰，不知道想些什麼。

現在，她問起了老家，可就麻煩了。老城區美食街賣雪圓仔的攤位，已經由靜姨開班授課的學生們接手，杏兒也不清楚圓仔婆婆要回去住的話該怎麼辦。再說，圓仔婆婆身體還沒完全康復，她還可以開店做生意嗎？哎呀呀，杏兒被問得一個頭兩個大，這都不是她能解決的事情啊！

圓仔婆婆看杏兒遲遲沒有出聲回答，她搖搖頭，嘆了一口氣說：「你這孩子，讀書讀糊塗了，怎麼才一年多，就把老家忘記了呢？唉，我真想趕快回去賣雪圓仔，這樣非親非故的，一直給人家照顧，也不是辦法……」

在圓仔婆的堅持之下，靜姨終於決定帶她回老城區去看看了。靜姨先跟老城的郭主委他們說好，因為情況比較特殊，怕會太刺激圓仔婆婆的情緒，加上她的體力也還沒完全恢復，所以先別急著為圓仔婆婆舉辦盛大的歡迎儀式。靜姨也先跟圓仔婆婆說明，因為籌措醫藥費，老城美食街的雪圓仔攤位，這一年多來都是租給別的店家經營，合約簽了兩年，不能馬上收回來。

「所以，媽……呃，圓仔婆婆，我們就是去走走看看，不是回去長住喔！你現在還要定期回診，看醫生做復健，暫時還是住這裡比較方便。再說，現在已經開學一陣子了，杏兒……呃，娟兒要轉學也不方便。」

聽了靜姨這些話，圓仔婆婆無奈的點點頭，雖然不完全如她的意，但是先回去看看情況再說吧。不過有件事情她很堅持，就是要杏兒一起回去老城，大病一場，終於能夠康復回家，她希望女兒能陪她一起回去。

偏偏靜姨有空的時間，卻是杏兒要上課的日子，她只好跟圓仔婆婆說：「我陪您回去就好啦，杏兒要上學呀！」

圓仔婆婆遲疑了一下，還是說：「我希望娟兒陪我回去看看！」

靜姨覺得這陣子真是太虧欠杏兒媽媽她們母女了，聽到圓仔婆婆莫名其妙的堅持，忍不住拿她以前說過的話回嘴：「你不是說過，小孩子認真讀書就好，其他的事都不用管嗎？」

圓仔婆婆大吃一驚，看著靜姨沒說話，心裡想的是，她怎麼知道自己跟娟兒說過的話呢？

最後是杏兒媽媽打破了尷尬的沉默，她說：「杏兒你就請假一天，跟靜姨一起陪圓仔婆婆回去一趟吧！」

這下換杏兒吃了一驚，她悄悄的問媽媽：「你不是說過，小孩子認真讀書就好，其他的事都不用管嗎？」

杏兒媽媽扁扁嘴，朝她翻了一個大白眼！

後來媽媽跟杏兒分享了心情，她說：「圓仔婆婆生病這件事情，讓我想了很多。她和你靜姨為了各自的堅持鬧翻，彼此沒有聯繫這麼多年，錯過了生命中好多重要的事情，真的很不值得！我觀察她們很久，母女之間還是互相牽掛的，或許，婆婆這次生病，是一個轉變的機會吧！身為好朋友，我應該多幫幫你靜姨的。」

杏兒點點頭，靜姨這麼疼她，她覺得自己也應該盡一點心力。不過，媽媽後面這些話，就讓杏兒感到意外了。

看到杏兒的表情，媽媽又解釋道：「其實，曉瑜爸爸的情況也讓我想了很多。拼命努力用功讀書，考上大家公認的好學校，經過嚴格的訓練成為醫師，現在卻成了這個樣子！唉，不知道他有沒有快樂過？所以，我想……你那麼喜歡做麵包，弄吃的，就去做吧！畢竟……讀書不是唯一的事情……」

「耶！謝謝媽媽！」杏兒高興得跳了起來。

看到杏兒這樣，媽媽就趕緊補充一句：「可是也不能完全不讀書了喔，成績還是要有一定的水準呀！」

杏兒高高興興的點頭說好，看來杏兒在圓仔婆婆還沒清醒時，跟婆婆說的悄悄話，還真的說對了，媽媽確實跟以前不太一樣了！

不是假日的老城區，遊客並不多。翠綠的柳條兒在風中擺盪，呢喃的燕子穿梭在綠柳條間，偶而會有穿著藍色碎花制服的搖槳人，載著客人划船而過。

圓仔婆婆看得目瞪口呆，喃喃自語的問：「怎麼變成這樣了呢？完全不一樣了呀！」

是啊，完全不一樣了！圓仔婆婆跟現在的老城，記憶中時間上的距離不僅僅是她生病的一年多，而是靜姨還是國中生的三十幾年前啊！雖然灰白的石頭房子一樣，蜿蜒的溪水一樣，拱型的石橋一樣，迎風搖擺的柳條兒也一樣，但是那時候沒有美食街，也沒有遊客。圓仔婆婆的雪圓仔攤，只有在地的客人會來訪，生意普通，讓母女兩個勉強能夠溫飽。

回來的這天雖然遊客不多，但是那種欣欣向榮的悠閒，有一種富足的感覺，圓仔婆婆不禁懷疑自己的記憶了，她在心裡問自己：「難道真的是我記錯了嗎？」

就在這時候，在她們坐著休息的柳樹下長椅邊，來了一個單肩扛著草把的叫賣郎：「糖葫蘆！好吃的糖葫蘆！婆婆，來串好吃的糖葫蘆吧！」

「糖葫蘆！」圓仔婆婆和靜姨不約而同的叫出聲來。

叫賣郎高興的把肩上的草把立在地上，轉動木棍，讓她們挑選插在草把裡的東西。那是一根根粗粗的長竹籤，串著好幾個圓圓紅紅的小球，每一

串小紅球上，還套著一個透明的塑膠袋，隔絕空氣裡的灰塵。這一串串小紅球插在草把上，像是一串串甜蜜的紅花，看起來就很好吃的樣子。

「要幾串呢？小姑娘不吃嗎？好吃的糖葫蘆喲！」

靜姨掏出錢包，買了三串分給大家。買完後，叫賣郎舉起草把扛在肩上，沿路叫賣去了。杏兒迫不急待的拿掉塑膠袋，一口咬住最頂端的紅糖球，開始細細品嘗。

圓仔婆婆此時卻盯著手上的糖葫蘆，說起娟兒國小的一件往事：「娟兒，記得嗎？國小五年級有一次月考，發成績單那天，你回家連書包都沒放下，就躲到後院的葡萄園裡，蹲在棚架下面哭了起來。看見你這樣，我放下店面的攤子沒管，跟到你身邊問怎麼回事，那時你從書包裡掏出一張揉爛的成績單給我，那是你上學讀書以來，第一次沒有進入前三名的成績單，難怪你要哭了。是第二天吧，還是第三天？趁著大家來趕集，賣糖葫蘆的人出現了，我還記得，當時我買了一串糖葫蘆安慰你啊……」

「當然記得！那串糖葫蘆的味道又酸又甜，是我那時候最想吃的東西。可是，媽媽，你知道嗎？我哭不只是難過第一次沒有進入前三名，更擔心難過的是，我怕你生氣呀！當時，我一直覺得我是在為你讀書，為你考試，為你保持全班前三名的。你忘了嗎？你那天晚上沒吃飯呢！雖然你後來買了糖葫蘆給我，但是我知道，你對那張成績單上的成績，是又生氣又難過的……」

圓仔婆婆轉頭看著杏兒，杏兒卻指指靜姨，然後說：「我什麼都不知道喔，這是我第一次吃糖葫蘆呢！糖漿裹著的番茄裡面，還夾著李子蜜餞，好特別呀！」

番茄？圓仔婆婆和靜姨兩人，滿臉狐疑的看著最頂端的紅糖球，一口咬下，再度異口同聲的說：「不是這個味道呀！」

杏兒無辜的搖搖頭，雖然以前沒吃過什麼糖葫蘆，但是她覺得滿好吃的呀，一下子就把自己那串吃光了。靜姨把自己的那一串也給杏兒，再把圓仔婆婆的那一串用原來的袋子裝好，收進包包裡面。

圓仔婆婆靜靜的看著靜姨做這些事情，突然張口問她：「你真的是我……」

話還沒說完，突然被阿乾叔公的大嗓門打斷了：「圓仔婆，你回來啦，大家都好想你呀！」

圓仔婆婆狐疑的看著阿乾叔公，一副不認識他的樣子，過了一會兒才不好意思的說：「真對不起，我完全想不起來你是誰了，我們見過嗎？」

「我是阿乾呀，在你的圓仔攤旁邊，賣麻糬的。」

「賣麻糬的？我的攤子附近沒什麼店啊！啊，隔壁再隔壁，有個木匠師傅叫做阿乾，可是，他是個年輕人，不像……」

「是、是、是，我就是木匠阿乾！不過我不做木匠很久啦，老城的美食街成立，我就改賣麻糬了，因為買麻糬的人比找木匠的人多啦，木匠活兒給我兒子接手，我和老婆就改擺攤賣麻糬啦！咦？美食街就是圓仔婆你和我們一起建立起來的呀，你全忘了嗎？」

「欸，阿乾叔，我們美食街哪裡還有賣糖葫蘆的呀？我媽吃不慣這種新口味，想說找找傳統的給她嘗嘗。她在醫院裡躺了一年多，很想念以前吃過的美味啊！」

靜姨邊說邊跟阿乾叔公眨眼睛，叔公不懂她的意思，認真的指著遠處賣糖葫蘆的地點，還不忘跟圓仔婆婆誇獎靜姨：「你們家小靜不簡單啊，世界麵包冠軍師傅呢！還把你的雪圓仔祕方分享出來，現在老城美食就以你圓仔婆的雪圓仔做代表了，真是莫大的光榮！我說啊，小靜還好沒聽你的去當醫生，不然你的雪圓仔就要失傳了！」

「哎呀，阿乾叔，先不跟你聊這些了，我們去找糖葫蘆，免得人家收攤了。」靜姨把背包交給杏兒，自己扶起圓仔婆婆往阿乾叔公指點的方向走去。

杏兒則偷偷的在靜姨耳邊說：「叔公一定是沒看到你的LINE啦，

你請他們先別說的，他全部都說了！」靜姨無奈的搖搖頭，還嘆了一口氣。

慢慢移動步伐的圓仔婆婆，情緒倒是很平穩，不知道她有沒有聽見杏兒剛才跟靜姨說的悄悄話，她竟然輕輕的笑了一聲，說：「阿乾這個人哪，從年輕時候開始就是這個樣子，少一條筋，想到什麼就說什麼！你再怎麼吩咐叮嚀都沒有用……」

「媽……呃，圓仔婆婆，你不生氣嗎？阿乾叔他……」

靜姨邊走邊問，圓仔婆婆沒等她說完，指著石拱橋邊的小亭子：

「去那裡坐坐吧！」

等圓仔婆婆坐下來了，她先看著杏兒說：「謝謝你啊，杏兒，願意扮演我的女兒安慰我，你真是個聽媽媽話的好孩子……」

這是圓仔婆婆第一次對著杏兒叫杏兒，而不是娟兒，杏兒覺得怪怪的，好像有什麼事情要發生了，她看著靜姨，不知道怎麼辦才好。

圓仔婆婆笑了，她跟杏兒說：「你沒吃過糖葫蘆，剛剛直說番茄做的糖葫蘆好吃，我就知道你真的不是我家娟兒了。」

「所以……媽，你想起我了嗎？」靜姨的聲音有點顫抖，這是她等了好長一段時間的答案呀。

可是，圓仔婆婆卻搖搖頭，她說：「不知道為什麼，我只記得國中時候的你……本來我不相信，時間就這樣跳過去了，可是，鏡子裡的我，剛才突然變得好老的阿乾，還有你也知道那張揉爛的成績單，和你不喜歡的番茄糖葫蘆，都讓我確定，我應該是真的失去了一段很長的時光！還有，你應該真的是我的娟兒！只是，我真的忘記你變成世界麵包冠軍師傅的事情了……請你原諒我，丟掉了那段美好的時光！」

「那段時光並不美好，丟了就丟了吧！我們的美好時光，才正要開始啊！」

靜姨說著說著就哭了，剛開始，只是抽抽噎噎，幾乎聽不到聲音；漸漸的，她深深吸氣、抖動肩膀愈來愈激動，愈來愈激動，終於控制不住的大哭起來！杏兒想起一年多前，靜姨接到醫院通知圓仔婆婆昏迷住院的消息，也是這樣痛哭失聲。她才想過去抱抱靜姨，圓仔婆婆就已經先抱住她了，杏兒只好把伸出去的手收回來，並擦擦臉頰上不知何時出現的眼淚。她想，就讓她們一起好好的哭吧！

「糖葫蘆！好吃的糖葫蘆！婆婆，來串好吃的糖葫蘆吧！」

又一個賣糖葫蘆的叫賣郎，扛著草把過來了。這個叫賣郎比剛才那個叫賣郎年紀大很多，老爺爺強調他的糖葫蘆是傳統口味，不是番茄、葡萄、草莓這些水果做的，他說：「你們一定要吃吃看！」

靜姨又買了三串糖葫蘆，分給大家一人一串，杏兒也是快快拿掉塑膠袋，咬了一口小紅球：「哎呀，好酸！比番茄還酸啊，又酸又甜的，這是什麼水果做的啊？」

賣糖葫蘆的老爺爺說：「是鳥梨仔喲！」

圓仔婆婆和靜姨各自咬了個紅糖球，對看一眼，高興的說：「這才是我們記憶中真正的糖葫蘆呀！」

杏兒看著相視而笑的圓仔婆婆和靜姨，明白了一件事情：這又酸又甜的糖葫蘆味道，正是婆婆和靜姨共同的美好回憶，就像她們母女之間吵吵鬧鬧卻又互相牽掛的深刻情感；還有曉瑜爸爸對他媽媽做的炸肉丸口味的堅持；小琪外婆對她阿母煮的白稀飯的懷念；爸爸對大學時代老榕樹下米篩目

的念念不忘；大王學長小舅公對初戀對象請他吃的月光餅的追尋，這些都是一份份深藏在心中，無法忘懷的情感……那麼她呢？她自己最難忘懷的好滋味又是什麼呢？

杏兒仰頭看著微風中輕輕擺動的柳條兒，心中作了一個決定，她要努力認真的去追尋生活中美好難忘的味道，也許是跟媽媽一起，也許是跟爸爸一起；可能是跟靜姨一起，可能是跟小琪、曉瑜一起；也有可能是大王學長，還是其他的誰誰誰，一起找到彼此之間互相牽掛的深刻情感，那種永遠也不會忘記的美好情感！

國家圖書館出版品預行編目(CIP)資料

尋找記憶裡的那道美味/陳素宜著；顏寧儀繪. --
初版. -- 臺北市：幼獅文化事業股份有限公司, 2023.06
面；公分. --(故事館；89)

ISBN 978-986-449-288-6(平裝)

863.59　　112004312

故事館089

尋找記憶裡的那道美味

作　　者＝陳素宜
繪　　者＝顏寧儀
出 版 者＝幼獅文化事業股份有限公司
發 行 人＝葛永光
總 經 理＝王華金
總 編 輯＝林碧琪
主　　編＝沈怡汝
編　　輯＝白宜平
美術編輯＝李祥銘
總 公 司＝10045臺北市重慶南路1段66-1號3樓
電　　話＝(02)2311-2832
傳　　真＝(02)2311-5368
郵政劃撥＝00033368

印　刷＝威勝彩藝印刷事業股份有限公司
定　價＝360元
港　幣＝120元
初　版＝2023.06
書　號＝984275

幼獅樂讀網
http://www.youth.com.tw
幼獅購物網
http://shopping.youth.com.tw
e-mail:customer@youth.com.tw

行政院新聞局核准登記證局版臺業字第0143號

炸肉丸
碎肉
蔥
荸薺
胡蘿蔔
芹菜

炸肉丸
碎肉
蔥
荸薺
胡蘿蔔
芹菜